WEEK-END SURPRISE

Agnès Abécassis est née en 1972. Elle a été successivement journaliste, illustratrice, scénariste pour la télévision, avant de se consacrer à son métier d'écrivain. Elle a publié plus d'une dizaine d'ouvrages à ce jour, tous des succès. Ses livres sont traduits dans plusieurs langues. Elle est l'auteur notamment de *Chouette une ride !*, *Le Théorème de Cupidon* et *Les Tribulations d'une jeune divorcée*.

Paru dans Le Livre de Poche :

AU SECOURS, IL VEUT M'ÉPOUSER !

CHOUETTE, UNE RIDE !

SOIRÉE SUSHI

LE THÉORÈME DE CUPIDON

TOUBIB OR NOT TOUBIB

LES TRIBULATIONS D'UNE JEUNE DIVORCÉE

AGNÈS ABÉCASSIS

Week-end surprise

ROMAN

CALMANN-LÉVY

Retrouvez Agnès Abécassis sur :
www.agnesabecassis.com

Ce roman est une œuvre de fiction. Les personnages, les lieux et les situations sont purement imaginaires. Toute ressemblance avec des personnes existant ou ayant existé serait fortuite ou involontaire.

ISBN : 978-2-253-17999-3 – 1re publication LGF

À ceux que j'aime, ils se reconnaîtront.
Merci d'illuminer mon petit monde.

1

Lundi

I don't know what I'm to say
I'll say it anyway.
A-ha – « Take On Me »

10 heures

L'échine voûtée, nez plongé dans mon décolleté, je relevai tout doucement la tête et me mis à fixer la fenêtre, juste en face du siège sur lequel je me tenais vissée.

Mon esprit vagabonda, et je me fis la réflexion que nous étions au rez-de-chaussée, à quelques mètres à peine d'un monde meilleur qui me tendait les bras.

Cette fenêtre ouverte était une provocation réelle, aguicheuse, m'offrant une liberté immédiate, une délivrance sur un plateau, une échappatoire inattendue. Aussi déclencha-t-elle chez moi l'envie folle de me sauver.

Si j'agissais vite, qui pourrait m'en empêcher ?

Un coup d'œil à droite, un coup d'œil à gauche… Personne ne faisait attention à moi, chacun vaquait à ses occupations… C'était l'occasion rêvée, le moment ou jamais.

Après tout, cela faisait plus d'une demi-heure que j'étais gardée à la vue d'une matrone revêche qui répondait au téléphone d'une voix morne, le temps que son supérieur me convoque dans son bureau pour m'auditionner.

Lasse, je finis par soupirer, et mes épaules s'affaissèrent au rythme où mes poumons se vidaient. Mais, si pour la fuite à l'extérieur je me dégonflais, intérieurement je fulminais.

— Quelle misère, d'être coincée ici… Qu'est-ce qu'ils croient, tous, qu'ils vont m'impressionner ?

L'air buté, je croisai les bras, marmonnant cette question qui résonna faiblement dans le vaste espace que constituait cet endroit sinistre.

Soudain, emportée par l'élan de mon agacement, je haussai le ton et demandai à la femme maquillée comme un camion assise à côté de moi :

— C'est vrai, quoi. J'ai passé l'âge qu'on me dise ce que j'ai à faire. Vous n'êtes pas de mon avis ?

— Si, si, me répondit-elle, gênée, s'intéressant brusquement à ce qui se passait derrière son épaule.

— J'imagine que vous non plus, vous n'appréciez pas que l'on vous traite comme une gamine ?

Lèvres pincées, ma tête fit « non » de droite à gauche, comme pour encourager l'inconnue à verbaliser ce que je lui mimais.

— Oui…

— Voilà ! C'est normal.

Elle grimaça un sourire embarrassé tout en se cramponnant nerveusement à son sac à main, dans le cas, j'imagine, où j'aurais pu convoiter le kleenex sale qu'elle venait d'y glisser.

Il était évident qu'elle avait envie d'être ailleurs, n'importe où plutôt que dans ce couloir glacial, assise sur ce banc gris terne auprès d'une énervée fanfaronne qui gigotait sans plus pouvoir tenir en place. Qui l'en blâmerait ? Qui aurait envie de se retrouver coincée là, seule et démunie, enfermée dans un froid bâtiment administratif, attendant d'être jugée et sans doute condamnée par un fonctionnaire inflexible, pour qui toutes les dénégations et les tentatives de protestation du monde resteront aussi vaines que des applications de pommade sur la chaussure pour soigner sa migraine ?

Qu'est-ce que je faisais dans cette galère ? Avais-je encore besoin de cela ? Avais-je besoin d'être ainsi accablée par les forces de l'ordre ? D'être rendue responsable d'un délit que je n'avais même pas commis ? Étais-je à ce point menottée par mes obligations ? Prisonnière de mon quotidien ? Avec toute la pagaille qu'il y avait dans ma vie en ce moment. Avec tous les problèmes que je devais supporter sur mes frêles épaules. Ah, comme j'étais fatiguée. Épuisée par ce stress permanent, par cette course folle contre la montre, par cette astreinte que la société nous imposait, à nous, les femmes, d'employer nos deux bras comme si on en avait huit.

Tandis que je me scandalisais toute seule perdue dans mes pensées, le dos rond et le visage écrasé dans la paume de ma main, la porte s'ouvrit dans un grincement lugubre.

Une bouche tonna mon nom, avec une vigueur légitime si j'avais été à l'autre bout du couloir, mais brutale puisque je me tenais là, sous elle, avachie sous sa pluie de postillons.

La femme à côté de moi, soulagée de se voir momentanément épargnée, esquissa un sourire qui s'élargit à mesure que je me recroquevillais.

T'inquiète, cocotte, ça sera bientôt ton tour.

Dans un sursaut de dignité, je me redressai, balançai les épaules en arrière et toisai fièrement l'homme qui m'indiqua d'un geste sec l'entrée de la pièce sombre où j'étais attendue pour une confrontation.

Impressionnée malgré moi, je serrai les fesses et avançai d'un pas qui se voulait conquérant, mais qui s'avérait flageolant. C'est dans ces moments-là qu'on regrette, étant ado, de s'être acharnée sur les chorégraphies de Madonna au lieu de travailler son moonwalk.

Cette idée de moi partant nonchalamment en arrière en faisant semblant d'avancer, fuyant mine de rien le prof principal de mon fils en lui faisant « coucou » avec la main, me fit ricaner en silence.

L'enseignant s'en rendit compte, il haussa ses sourcils broussailleux, sa bouche se tordit dans un rictus navré et il lâcha un méprisant : « Allons bon. Si la mère est aussi je-m'en-foutiste que le mioche, nous voilà bien. »

J'allai m'asseoir avec précaution derrière la petite table placée devant son bureau, et il claqua sèchement la porte derrière moi.

La salle résonna du bruit que ferait la grille d'une cellule se refermant sur un codétenu déterminé à vous faire passer un sale quart d'heure.

Or, c'était exactement ce qui m'attendait.

10 h 45

Lors de la dernière réunion parents-professeurs, nous avions tous été conviés à la même heure dans la même salle de classe. Trois ou quatre profs s'étaient tenus derrière une petite table, devant laquelle étaient venus s'asseoir, les uns après les autres, les père et mère de chaque élève, pour y recueillir les appréciations et les commentaires que l'enseignant avait à faire sur la chair de leur chair. C'était humiliant lorsqu'il s'agissait de critiques, car elles étaient proférées à voix haute et d'autres parents laissaient ostensiblement traîner leurs oreilles pour se repaître de ce qui ne concernait pas leur propre cancre, et valorisant lorsque l'élève se voyait encensé, même si dans ces cas-là, comme par hasard, les louanges qui n'étaient pas adressées à leur rejeton n'intéressaient plus les oreilles de personne.

Seulement, cette fois, le professeur principal d'un de mes jumeaux avait tenu à me voir seul à seule. Ce qui semblait signifier que, pour ma chair, j'allais prendre cher.

Tandis que je me tenais sur ma chaise de collégien dos droit et bras croisés, un peu en appui contre le radiateur, tentant d'offrir l'image d'une mère de famille solennelle et responsable, lui mettait un temps interminable à venir s'asseoir face à moi, marchant à pas de cow-boy, ne se gênant pas pour me toiser du haut de sa superbe, histoire de bien montrer qui était chargé de maintenir l'ordre, dans ce comté.

Soit, je le laissai donc me toiser à sa guise. Que pouvais-je faire d'autre ?

Soutenir effrontément son regard ? Lui tirer la langue ? Cracher par terre, peut-être, en me mettant une pichenette sur le nez tout en roulant des épaules, histoire de l'impressionner en lui montrant que je venais du Bronx ? Sauf que je ne venais pas du Bronx, et que je ne tirais la langue qu'à mon médecin en cas d'angine. Alors j'empruntai une attitude naturelle et polie, le temps de savoir à quelle sauce il allait me faire griller.

Il finit enfin par investir son siège, en y mettant la lenteur étudiée d'un empereur romain faisant l'honneur à son trône d'y poser ses fesses impériales. Toujours avec le petit rictus condescendant qui barrait la commissure droite de ses lèvres.

— Bien. Votre fils, le jeune Noé…

Il laissa sa phrase en suspens, et mit un soin infini à étudier ses notes comme s'il allait m'annoncer que mon enfant donnait des cours particuliers de délinquance pendant les récrés de dix et de seize heures, et qu'il avait levé un bataillon de trublions prêts à lancer un assaut contre cet établissement afin d'en prendre le contrôle. Auquel cas, je l'avoue, j'aurais roulé très vite des épaules et me serais enfuie de cette salle de classe, retrouver mon gamin et lui fiche une bonne fessée pour lui remettre les idées en place.

— Les notes de Noé ne sont pas fameuses. C'est très révélateur d'un manque de travail à la maison. Vous ne surveillez pas ses devoirs.

Il n'avait posé aucune question, il avait juste planté profondément son affirmation sur le terreau étonné de ma convivialité.

— Si, si, je lui dis toujours de…

— Si vous n'en êtes pas capable, son père pourrait peut-être l'aider ?

Pas capable de faire réviser ses cours, un livre d'histoire-géo à la main, à un élève de quatrième ? Mieux valait ne pas relever l'affront.

— C'est-à-dire que son père n'habite pas avec nous, lui et moi sommes…

— Oui, ah… divorcés, séparés, je me doute, je me doute.

Il agita sa main d'un geste méprisant, sans quitter ses notes des yeux, échappant par là même à l'expression stupéfaite qui venait de se peindre sur mon visage.

Puis il marmonna un « c'est la grande mode, en ce moment… » qui me fit réaliser que j'étais actuellement devant un prof, assise derrière un pupitre, dans sa salle de classe, en train de me faire engueuler pour le manque de soin et les ratures infligées à mon livret de famille. Quelle allait être la prochaine étape ? Des points en moins sur mon permis de conduire un foyer ?

— Je trouve par ailleurs Noé très immature…

— En même temps, il n'a que treize ans…

Il s'interrompit pour me planter un coup de regard noir dans l'œil, avant de se replonger dans ses papiers et de reprendre :

— Lorsque j'ai demandé à la classe de se procurer un ouvrage relatant la vie de Napoléon, votre fils m'a demandé s'il n'y avait rien au programme concernant Harry Potter.

Malgré moi, je laissai échapper un sourire.

— Amusant, n'est-ce pas ? fit-il la tête penchée, d'une voix pas amusée du tout.

— C'est-à-dire que Noé est un grand lecteur, certes moins porté sur les autobiographies que sur les romans policiers, de science-fiction ou d'heroic-fant…

— Sur les autobiographies ?!

— Hein ? Non ! m'écriai-je après un sursaut

digne d'une crêpe un soir de Chandeleur. Non, sur les biographies ! J'ai dit autobiographies ? Je voulais dire biographies. Bien sûr. (Bruit de toux.) Bien sûr…

— Je vois…

Tais-toi, cerveau, mais tais-toi donc ! La seule autorisée à s'ouvrir, ici, c'est la bouche. Alors toi et tes lamentables lapsus, ta gueule.

Trop tard. Si j'avais déjà entendu le son d'une cloche qui retentit brièvement à l'intermède entre deux cours, je découvris l'effet physique qu'on pouvait ressentir à se faire sonner les cloches par un profes-sonneur, qui y mit un zèle aussi consciencieux qu'opiniâtre.

Et que je manquais indéniablement de rigueur en termes d'éducation. (Ding !) Et que je me laissais mener par le bout du nez par un gamin dont je sous-estimais l'intelligence, donc la roublardise. (Dong !) Et que, s'il redoublait, je ne pourrais m'en prendre qu'à moi-même d'avoir laissé se gâcher le potentiel d'un pauvre innocent, finalement sous le joug d'instincts fainéants bien classiques, produits par une inévitable puberté. (Bong !)

C'est donc dans la peau d'une pauvre cloche assommée par la honte que je quittai la salle, non sans avoir auparavant juré à l'historien-géographe que j'allais faire des efforts, que j'allais me reprendre, que désormais je ferais apprendre par cœur ses leçons à mon fils, et même que j'allais les apprendre par cœur avec lui s'il le fallait. Tout plutôt qu'un redoublement, le suppliai-je, toute dignité mordue, mastiquée, et avalée.

En guise de pouce levé signifiant ma grâce, je dus me contenter d'un placide « Nous verrons bien », qui clôtura l'entretien.

14 heures

Je n'ai jamais aimé l'école.

C'est bête, hein. Surtout que c'est le genre d'endroit qui vous rend ce que vous lui donnez. J'ai pris de lui le minimum et lui ai laissé tout le reste. Dès ma seconde au lycée, j'ai décidé que j'en avais eu suffisamment. Aujourd'hui, tout ce reste me manquait. Mais c'est la vie qui en avait voulu ainsi.

J'ai été adoptée en Corée à l'âge de trois ans. Depuis, je n'ai jamais eu l'occasion d'y retourner. Pour nourrir ma mélancolie chronique d'hypothétiques souvenirs, je devais me contenter de photos que je trouvais sur Internet, de dramas coréens que je suivais avec passion, et de toute la littérature que je pouvais glaner sur ce pays.

Mes parents adoptifs, désormais retraités, s'étaient expatriés depuis une quinzaine d'années en Australie, d'où ils me donnaient sporadiquement de leurs nouvelles. Mais leur couple allait mal depuis très longtemps, ils s'étaient séparés sitôt installés dans leur nouvelle patrie, et avaient refait chacun leur vie dans la foulée. Pour eux, je n'étais plus que le vestige d'une époque révolue où ils avaient trop travaillé et pas vécu assez. Un vestige un peu exotique, sans doute, qu'ils avaient quitté l'esprit tranquille, en couple et enfin apaisés.

Car, avant cela, j'ai été une enfant qui avait besoin d'aide.

Choyée dans mon jeune âge par des parents adoptifs affectueux mais peu disponibles, je m'étais rebellée à l'adolescence en envoyant valser le cadre qui m'abritait. On commençait à m'oublier, j'ai alors développé un vrai besoin d'être remarquée. Un vrai besoin d'être regardée. Un vrai besoin de trouver ma place, qu'il m'a fallu aller chercher.

J'ai fait des bêtises, beaucoup. Certaines dont je ne suis pas fière.

J'ai volé, j'ai séché, j'ai fumé. J'ai menti, j'ai déçu, j'ai trahi. J'ai été ingérable, incontrôlable, insupportable. J'aurais pu mal tourner. Mais c'est le vent de ma vie qui a tourné.

Il aura fallu, pour me calmer, que mon cœur s'allège en découvrant le théâtre, et que mon ventre s'alourdisse en aimant un bellâtre.

Ah, Anatole.

Fils unique d'une famille de riches commerçants, gamin pourri, gâté et assisté, ce n'était pas un homme, mais un petit garçon. S'il n'y avait eu son physique de gravure de mode, forgé par ses innombrables heures de danse, je n'aurais jamais posé les yeux sur lui. Ce garçon était si sculptural que passer la main sur sa musculature nerveuse donnait l'impression de caresser la peau fine et tendue d'un cheval sauvage. Il était aussi vide que vain, mais il m'amusait bien. De son côté, je crois que c'est ma personnalité de sauvageonne révoltée, avec un avis sur tout et une envie de tout, qui l'avait attiré. Le problème c'est que, à part sa jolie gueule, il n'avait rien d'autre.

Niveau culture ? La seule qui l'intéressait était celle qu'il pouvait se rouler en douce dans ses fausses cigarettes. Galanterie ? Il n'oubliait jamais de me faire passer devant lui lorsque nous montions un escalier (lui permettant ainsi de mater mes fesses en mouvement). Courage ? Il avait peur de rien. Quand il me l'a affirmé, j'ai trouvé ça mignon. Avant d'apprendre que « Rien » était le nom du chat nu, un sphinx canadien, que cajolait sa mère. Douceur ? Quand nous étions au lit, il aimait tendrement m'inviter à utiliser son torse comme coussin pour y poser ma tête. Humour ? Et puis, juste au moment où je commençais à m'assoupir, il s'amusait à faire bouger ses pectoraux. Équilibre ? C'était un mec sain. Ça passait mieux à l'oral. Parce que, à l'écrit, il aurait fallu ajouter « et même gros seins ». (Ce qui n'a jamais été le cas de mes œufs au plat.)

Maîtrisant ma contraception comme une bonne sœur maîtrise le nunchaku, je suis tombée enceinte sans l'avoir prémédité. Cela aurait pu être une catastrophe, ce fut une révélation. De ce jour, plus rien d'autre ne compta.

Mon ventre recelait toutes les promesses dont ma vie était à l'époque dépourvue : des perspectives de bonheur futur, des certitudes d'amour à venir, des pistes de but à atteindre, l'espoir d'un baume apaisant et cicatrisant sur mon cuir à vif.

Anatole et moi nous installâmes dans son appartement, poussés par ses parents qui n'en revenaient pas du miracle de cette procréation, la passion de leur fils unique pour les entrechats n'osant leur laisser espérer la survenue d'une descendance.

Nous avons essayé, mais notre couple n'a pas tenu. Lui et moi formions un assemblage trop dissemblable.

Depuis, mes parents ont continué d'exister loin de moi. L'homme qui m'avait fécondée aussi.

Et, aujourd'hui que mes petits devenaient grands, j'étais déterminée à mettre tout en œuvre pour que leur vie soit plus simple et plus sereine que la mienne.

Heureusement, je n'étais pas complètement seule.

J'avais à mes côtés ma grand-mère Naraé.

Oh, ce n'était pas vraiment ma grand-mère, en réalité. Ni par le sang, ni même sur le papier. C'était une femme que j'avais trouvée par terre, un jour de pluie, dans une ruelle aux pavés glissants.

Elle avait trébuché dans une flaque d'eau, et je m'étais précipitée pour l'aider à se relever. Au lieu de me remercier, elle m'avait engueulée comme si c'était moi qui l'avais poussée, humiliée d'avoir eu besoin d'aide malgré sa cheville méchamment flinguée. Peu importait, je ne l'ai pas lâchée et l'ai mise à l'abri dans un café. Juste le temps que la pluie s'arrête, le temps de réchauffer ses doigts glacés.

Naraé, qui redoutait de se voir sanglée et immobilisée sur une civière, a refusé que j'appelle le Samu. J'ai alors aidé cette petite mamie coréenne à clopiner jusqu'à un taxi. Lorsque j'ai refermé la portière sur elle, elle m'a donné la carte de visite de son restaurant et m'y a invitée sur un ton si autoritaire, du haut de son mètre quarante-cinq, que je m'y suis rendue quelques jours plus tard pour prendre de ses nouvelles, amusée et curieuse.

C'était il y a une dizaine d'années. À l'époque, elle devait à peine avoir dépassé la soixantaine. Depuis, à ce que j'en savais, c'était toujours le cas. Cette femme préférerait avaler son dentier plutôt que d'avouer son âge. Qu'elle ne faisait pas, de toutes les façons, débordant d'une telle énergie qu'elle épuisait ceux qui la côtoyaient. À croire qu'avoir un tempérament pimenté conservait mieux que posséder un caractère fade.

Sur cette adoption-là, mutuelle et évidente, nous ne posâmes jamais de mots.

Elle n'avait pas d'enfant, je n'avais pas d'ancêtres. Et personne, en nous voyant, n'aurait pu se douter que nous n'étions pas ce que nous prétendions être : une grand-mère narquoise et sa petite fille aimante.

Naraé tenait un minuscule restaurant dans le sud de la capitale, une adresse qui se transmettait d'initiés en connaisseurs, de privilégiés en gourmands, qu'elle régalait de spécialités foisonnantes de couleurs et savamment arrangées. C'était une artiste de l'éphémère qui créait ses plats avec un raffinement extrême. Je venais lui donner un coup de main aussi souvent que possible, à la plonge ou au service, secondant Yun-Shik, un cuisinier muet qui travaillait pour elle.

Moi, ça me faisait un salaire, elle, ça la soulageait, et en définitive tout le monde y trouvait son compte.

Ma grand-mère ne me laissait jamais repartir sans me flanquer dans les bras trois larges plats de bibimpap au poulet bien emballés, pour les petits et moi. « Des restes », prétextait-elle, pour que j'accepte sans discuter. Je savais bien qu'il n'en était rien, elle mettait de côté pour nous les meilleurs ingrédients. Souvent, elle ajoutait quelques fruits dans le sac qui m'était destiné, et Yun-Shik, avec un clin d'œil, me glissait en douce une bouteille de bière coréenne, que je lapais tard le soir, devant ma télé.

Ses recettes représentaient un lien fort avec mes racines car, si ce n'étaient mes yeux bridés et mes cheveux de jais, rien ne me différenciait d'une Parisienne pure souche. Ni ma façon de parler, au rythme mitraillette, ni ma délicatesse de camionneur dès qu'il fallait communiquer avec un autochtone de cette ville, ni mes vêtements, nonchalamment mixés façon streetstyle assumé. Sauf mon prénom, Byul, qui ressemblait à « bidule » mais qui signifiait en réalité « étoile ». Jolie coïncidence, pour quelqu'un qui rêvait de devenir une star. Mais, pour le moment, il ne scintillait que sur mes papiers. Aucune personne de mon entourage ne l'employait jamais. Tout le monde m'appelait Brune, et je préférais ça.

Je respirai à pleins poumons. Un camion se gara près de moi, contre le trottoir, émettant lors d'une ultime secousse une bouffée de gaz carbonique qui me pénétra directement dans les bronches.

Je toussai. Fulminai. M'éventai. Et je m'éloignai.

Ah, les marchés parisiens. Ces lieux de vie, ces lieux de cris, ces lieux d'euphorie.

Avec leurs fragrances capiteuses émanant de myriades de fleurs nouées en bouquets qui gisaient dans des bacs vert camouflage. Leurs odeurs de poulet rôtissant lascivement au-dessus de pommes de terre qui caramélisaient sous les regards voraces. Leurs parfums réjouissants de bottes d'herbes aromatiques, si exquis qu'ils donnaient envie de les acheter juste pour les brouter à pleines dents. Leurs petites vieilles à foulard, porte-monnaie à la main tel un autoritaire passe magnétique, qui fendaient la foule d'un pas martial et vous roulaient sur les pieds avec leur chariot plein à ras bord…

— Aïe ! Hé, vous pourriez au moins vous excuser ? Héé !

Son silence goguenard me gifla en pleine face. L'espace d'un instant, j'envisageai de laver l'affront en saisissant une tomate sur le stand près de moi, et d'utiliser son dos comme cible à ma fléchette rouge.

Finalement, je décidai que l'absence de réaction de la retraitée, qui venait de réduire mes orteils en hachis et qui continuait obstinément son chemin, était simplement due à sa surdité. Oui, je préférais m'en convaincre. Dans ce monde dangereux où nous vivions, la criminalité chez les plus de soixante-quinze ans, c'était décidément un concept trop sinistre.

Mon éclat de voix avait alerté une femme blonde, aux sourcils arqués, à la bouche pulpeuse et aux longs cheveux qui retombaient sur ses épaules en vaguelettes mousseuses. Elle portait un chemisier à pois sous un gilet ton sur ton, une jupe grise et des sandales compensées, elle était magnifique, pourtant elle se comportait en permanence comme si elle n'avait jamais croisé un miroir de sa vie.

— Avec toi, au moins, on n'a pas besoin de convenir d'un point de rendez-vous pour se retrouver. Il suffit juste de tendre l'oreille.

Nous nous fîmes la bise.

— Arrête, je viens de me faire agresser par une chauffarde folle au volant de son caddie, et personne n'est intervenu. Tu te rends compte ?

Elle me tapota l'épaule, pleine de fausse commisération.

— Bonté divine ! Tu n'es pas blessée, au moins ?

— À peine. Juste quelques orteils sectionnés. Je prie pour qu'ils repoussent dans le bon ordre.

Suzie me tira soudain par la manche, et nous échappâmes de peu à la collision avec une octogénaire qui fonçait sur nous à toute allure, attirée par l'odeur de promotion des endives devant le stand desquelles nous nous tenions.

Face à ces dizaines de femmes au regard vide, affamées et prêtes à blesser pour se nourrir, on se serait crues dans un remake de *La Nuit des seniors vivants*.

En même temps, ça commençait à devenir une habitude, chez Suzie, de me sauver.

Cette fille me délivrait de mes angoisses, que j'avais tendance à ressasser inlassablement en les inspectant sous toutes les coutures sans parvenir à les sortir du tambour lancinant de ma machine à larmoyer. Les confier à son bon sens plein de douceur et l'écouter les dédramatiser, une à une, comme on casse en deux une tige de bois souple sur son genou, me faisait un bien fou.

Suzie était ma meilleure amie.

Accessoirement, elle me préservait de l'ennui d'un quotidien souvent pesant, en m'ouvrant toutes grandes les portes d'un monde d'évasion gratuite et inépuisable, où les seules limites étaient celles de l'imagination.

Car Suzie était aussi bibliothécaire.

C'était d'ailleurs à la bibliothèque de mon quartier que je l'avais rencontrée, au siècle dernier, au moment où je me séparais du père de mes fils. Mon train de vie chuta d'une manière si brutale qu'il me laissa exsangue des nombreuses activités culturelles qui rythmaient mon quotidien.

Fini les soirées au théâtre, les spectacles, les concerts, activités trop onéreuses pour ma bourse allégée. Je devais à présent me contenter d'imaginer l'histoire derrière l'affiche, espérer qu'on m'invite, ou écouter mes artistes préférés à la radio.

Espacées les virées au cinéma avec les enfants, où un carton de pop-corn coûtait le prix du billet, et un gobelet de soda rempli pour moitié de glaçons était plus cher qu'un ballon de rouge au comptoir d'un bar branché. Il me fallait ruser et offrir à mes gosses les séances du matin, moins chères, avec un sachet de bonbecs planqué au fond du sac.

Mais, s'il y avait une activité sur laquelle je ne voulais pas, ne pouvais pas transiger, c'était la lecture.

C'était elle qui me permettait de ne pas voir passer le temps à attendre près du téléphone, ce qui constituait tout de même l'essentiel de mon activité de comédienne.

Oh, je n'étais pas une grande comédienne, non. J'avais à peine quelques courts-métrages à mon actif. Des pubs, parfois, dont une marrante pour des nouilles japonaises (personne ne s'en souvient). Quelques épisodes dans une série télé italienne (jamais diffusée en France) dont je n'ai même pas de copie, mais qui m'avaient permis à l'époque d'acheter le microscopique appartement que j'occupe aujourd'hui. Beaucoup de figuration. Trop, même. Et puis des pièces de théâtre vues par cinq pelés égarés, jouées dans des salles excentrées et à moitié désertes. Peu importait, j'y croyais dur comme fer.

La scène, les lumières, les strass, les paillettes, c'était tout ce que je voulais faire de ma vie et rien d'autre.

Au fil des années, j'ai dû me rendre à l'évidence. L'essentiel des strass, paillettes et autres lumières qui feraient étinceler mon quotidien, seraient ceux ornant les branches des sapins de Noël que je décorais dès les premiers jours de décembre.

Alors les romans me tenaient lieu d'anxiolytiques, le soir, avant de m'endormir.

Ils me calmaient, m'apaisaient, me permettaient de mieux rêver, comme un plaid supplémentaire sur sa couverture permet de mieux se réchauffer.

Et, comme les mots me faisaient un bien fou et que ma fibre artistique vibrait d'une telle sensibilité qu'elle demandait à s'exprimer par tous les moyens, je me suis approprié ces mots au détour de poèmes, que je rédigeais en secret, au gré de mon inspiration.

Il m'arrivait de noter, sur un petit carnet, des idées, des refrains, des associations de rimes qui me venaient en tête précisément au moment où je les cherchais le moins.

Au cours des années, je mis ces poèmes en musique, sur des airs déjà existants car j'avais renoncé depuis belle lurette à savoir maîtriser un instrument. L'écriture d'un texte de chanson était pour moi une façon de figer dans le temps ou de créer de toutes pièces de beaux instants, ou des instants drôles, ou des instants émouvants, ou des instants d'introspection, de réflexion, d'apprentissage, d'évolution. Et même, parfois, de sublimation.

— Tu prends des courgettes ?

Suzie m'indiqua un étal de fruits et légumes fermes et colorés.

Comme pour confirmer ses dires, un vendeur apparut devant elle, un sachet en papier vide à la main, et nous maltraita les tympans en braillant directement son boniment dedans.

Effarouchée par la puissance phonique de l'argument « ELLES SONT BELLES MES COURGETTES ELLES SONT BELLES ! », je préférai m'éloigner, entraînant ma copine dans mon sillage.

— Et si on allait plutôt se prendre un café ? On finira notre marché chez Picard...

— Allez !

Suzie n'était pas une fille contrariante.

— Oh, regarde, s'écria-t-elle, quelqu'un a perdu ses sous !

Elle se pencha pour ramasser le billet de dix euros qui gisait au sol, coincé dans une grille d'arbre. Au même moment, un adolescent à casquette, alerté par son éclat de voix, se précipita et tenta de le saisir avant elle, mais le rata à une seconde près.

Elle le dégagea et le lui tendit :

— Oups… c'était le vôtre, je suppose ?

Le type grogna son assentiment et l'empocha vivement en jetant des coups d'œil autour de lui, avant de disparaître dans la foule aussi vite qu'il en avait surgi.

Suzie était une fille honnête.

Désertant la marée humaine, nous nous dirigeâmes vers un carrefour pour le traverser.

En apercevant un homme très âgé près d'un feu rouge, penché sur sa canne, ma copine lui saisit tout naturellement le coude et l'entraîna rejoindre le trottoir d'en face.

Puis nous le quittâmes, une fois parvenues sur l'autre rive.

En l'entendant nous couvrir de ce que nous pensâmes être des remerciements énergiques dans un patois que nous ne comprîmes pas, je me retournai et vis le vieux faire machine arrière à petits pas vigoureux pour rejoindre son point de départ, où le taxi qu'il attendait venait de se garer.

Oui, Suzie était une fille vraiment gentille.

Le café se trouvait dans la rue d'à côté, à peine quelques mètres plus bas. C'était un établissement planqué derrière de larges vitres fumées, un troquet poussiéreux mais où nous serions bien, tranquilles et pas dérangées. Je n'avais aucune peine à imaginer les effluves d'un expresso nous réjouir de ses vapeurs corsées à défaut de les percevoir encore.

Sur notre chemin, nous croisâmes quelques pigeons maladifs qui picoraient des graines invisibles. L'un d'entre eux s'approcha de nous, et Suzie détacha un quignon de la baguette qu'elle transportait dans son panier pour le lui émietter.

Nous allions pénétrer dans le café au moment précis où un coup de klaxon retentit, faisant se disperser d'un coup tous les oiseaux dans un bruit de battement d'ailes. En prenant son envol, celui qu'elle avait nourri lui chia sur l'épaule.

Tout de même, Suzie était une fille beaucoup trop gentille.

Nous choisîmes une table, tout au fond de la salle. Une fois installées dans un coin, à l'écart des consommateurs habituels qui parcouraient leur journal ou pronostiquaient leur tiercé, nous fîmes signe au serveur de nous apporter nos minuscules tasses fumantes.

Lorsqu'il les déposa sur la table, ma copine et moi étions en plein débriefing des dernières nouvelles de nos vies.

— … J'étais furieuse, ce matin, en sortant de ce rendez-vous avec son prof principal…

— Ne sois pas trop dure avec ton fils. Il ne le fait pas exprès…

— Pas exprès de glander au lieu de travailler ? Oui, tu as raison, il confond certainement. Il travaille, certes, mais uniquement sa glande.

Suzie but une gorgée de son café, grimaça et y versa une seconde dose d'édulcorant.

— Qu'est-ce que t'a dit son prof, exactement ?

— Il a été odieux. Je m'en suis pris plein la gueule. Et que je n'étais pas une mère responsable, et qu'il fallait que je me ressaisisse et que je reprenne les rênes de mon foyer si je ne voulais pas le mener à la catastrophe…

— Pauvre prof. Ils font quand même des métiers difficiles, ces gens-là… Le nombre de parents démissionnaires qu'ils doivent gérer, c'est terrible. Bon, pas toi, évidemment. Toi il t'a incluse dans le lot sans le vouloir…

— Exact, moi je suis une missionnaire. C'est ma position depuis toujours : j'estime avoir le devoir de faire faire leurs devoirs à mes gosses.

— Ses mots ont sans doute dépassé sa pensée, ça arrive…

— C'est-à-dire qu'il y a pire. Il a menacé de faire redoubler mon fils s'il ne changeait pas de comportement.

— Ah bon ? Ses notes sont si mauvaises que ça ?

— Écoute, non… Mais il paraît qu'il met le bordel en classe, qu'il déconcentre les autres élèves, qu'il est un mauvais exemple…

— Qui ça, Noé ?

— Noé…

— Il l'a peut-être confondu avec Nestor ?

— Non. Les jumeaux s'amusaient à ça quand ils étaient petits. Maintenant qu'ils ont découvert à quoi servaient les filles, ils n'ont plus qu'une seule envie : se différencier.

— Mais Noé, quand même, c'est le plus calme des deux...

Je tournai ma cuillère dans ma petite tasse blanche en soupirant.

— Que veux-tu que je te dise... J'ai été une gamine, moi aussi. J'ai berné mes parents à son âge quand je voulais me la couler douce, c'est un juste retour des choses.

Suzie fronça les sourcils.

— Tout de même, « un mauvais exemple »... Il y va un petit peu fort...

Mon portable, posé sur la table, bipa. Un coup d'œil à l'écran m'indiqua qu'un SMS de Léonard venait d'arriver. Je souris, lus son message et lui répondis dans la foulée.

— Qui est-ce ? Un des jumeaux ?

— Non, c'est l'animateur radio..., dis-je en tapotant à toute allure sur le clavier de mon téléphone.

Elle acquiesça d'un air entendu, et je reposai l'appareil.

— Ah oui, ton fameux copain Léonard... Vous ne sortez toujours pas ensemble ?

— Ah non, hein, plutôt mourir.

— Mais tu ne veux pas sortir avec lui avant ?

— Non. Il saute tout ce qui bouge, il est complètement irresponsable, il a un humour pourri. Et, accessoirement, il ne me l'a jamais proposé.

— T'es bête…

— Et puis c'est un gamin, il n'a que vingt-sept ans…

— Mais t'en as juste trente-cinq, jeune bique ! Fais voir ce qu'il t'a écrit…

Elle s'empara avec gourmandise de mon téléphone. Je la laissai fouiller dans mes textos. Elle y découvrit la photo qu'il m'avait envoyée : deux caleçons en gros plan, posés sur son lit, avec en légende : *J'ai rendez-vous ce soir avec une petite nymphette. Besoin de ton avis d'experte : tu préfères lequel ?*

Et ma réponse : *Le slip kangourou qui est planqué dessous. Bises !*

Elle lâcha l'appareil en secouant la tête.

— Arrête, Suzie… La vie, c'est pas comme dans tes comédies romantiques, là, ces bouquins aux couvertures roses que tu dévores par paquets de douze…

— Mais ça pourrait l'être ! Pourquoi tu n'y crois pas ?

— Et toi, pourquoi tu n'essaies pas ?

Touchée. Elle se rembrunit.

— Tu connais la situation, elle est bloquée, que veux-tu que j'y fasse ?

— Vire-le de chez toi. Vous êtes séparés à présent.

Je portai la tasse à mes lèvres, y laissant glisser une gorgée de mon café brûlant. Les yeux de ma blonde amie s'embuèrent. Oh non... Ma main alla immédiatement recouvrir la sienne, et mes excuses, sa peine.

Bip du texto de Léonard : *Tu me rêves en slip kangourou, c'est ça ? Bisous !*

Ma réponse, tapée du pouce à toute allure : *Je ne te rêve pas. Je te dors et même je te ronfle. Plein de bisous.*

Visage baissé, Suzie ne prêtait aucune attention à ma chorégraphie digitale.

— Brune... Il m'a promis qu'il s'en irait. Je sais, il ne se cherche pas d'appartement, il ne consulte pas les offres d'emploi, il reste là, avachi devant ma télé toute la journée... Mais je ne peux tout de même pas le mettre à la porte, il n'a nulle part où aller, personne pour lui faire à manger, pour s'occuper de son linge...

— Ce n'est pas ton fils, c'est ton ex ! Tu n'es ni sa bonne, ni sa mère ! Un type que tu connais depuis huit mois à peine, tu ne vois pas qu'il s'incruste ?... Comment veux-tu refaire ta vie avec ce boulet à ton pied ?

— Refaire ma vie...

Elle soupira, et je sus qu'elle pensait à Gyslain. Le mec le plus sexy du quartier. Un boulanger sublime qui avait perdu sa femme il y a quatre ans, et qui subissait chaque jour autant d'assauts de ses clientes transies qu'il vendait de petits pains au chocolat. À ces sollicitations débridées, il opposait toujours cette même réponse, courtoise, souriante, mais immuable : « Ça fera un euro vingt, s'il vous plaît. »

La seule avec laquelle il échangeait quelques mots aimables, c'était Suzie.

Suzie qui avait entrepris un régime draconien pour lui plaire, sans cesser toutefois d'aller acheter quotidiennement son déjeuner chez lui. Elle s'y rendait vers quatorze heures, quand le gros des furies affamées était passé. Elle choisissait alors un menu sandwich, boisson et dessert, auquel elle se gardait bien de toucher, lui préférant les légumes bouillis et la viande molle qu'elle ramenait de chez elle dans un tupperware. Le menu, elle l'offrait de bon cœur au clochard qui mendiait devant le Monoprix d'à côté. Mais au moins avait-elle pu voir son Gyslain, avait-elle pu échanger quelques mots avec lui, bavarder à propos du temps qu'il faisait, s'être réchauffée à son sourire et faire provision de douces illusions pour la journée.

Pourtant, tous les deux s'en tenaient là. Elle, se croyant incapable de le séduire ; lui, restant sur sa réserve, et ne l'invitant jamais à aller dehors contempler la forme des nuages, la lumière du matin, ou la couleur changeante du ciel, au lieu de les commenter placidement derrière sa caisse enregistreuse.

— Tu devrais te détendre, avec ces histoires de régime. Tu es belle, douce, intelligente, tu ferais le bonheur de n'importe quel mec.

— Allez… Tu dis ça parce que t'es ma copine.

— Non, je dis ça parce que je suis objective. Souviens-toi de ce cardiologue avec qui tu es sortie il y a sept ans, là, malgré sa calvitie et ses jambes de phasme…

— Yvan ? Le meilleur amant que j'ai jamais eu… Je l'ai aimé à un point…

— Et le saxophoniste, tu te rappelles ?

— Daniel ? Comment pourrais-je l'oublier… Il ne souriait jamais car il avait des dents noires, tachées par le tabac. Ça le complexait terriblement… Pourtant, je ne voyais que lui…

— Je me rappelle… Tu aurais donné n'importe quoi pour qu'il ne retourne pas aux États-Unis. Et le physicien ?

— Max ? Ah, Max… Brillant, passionnant, intelligent, terriblement drôle… mais gringalet à cul blanc. Il n'avait que la peau sur les os et portait toujours plusieurs couches de vêtements car, niveau physique, mon physicien manquait un peu d'épaisseur. Et moi, j'étais si fière d'être à son bras… C'est bon, va, j'ai compris…

Je lui souris.

— Tu es belle, ma Suzie. Et tu sais pourquoi ? Parce que ton âme est belle. Et il faudrait vraiment être con pour résumer la couleur d'une âme à la taille d'une culotte de cheval.

Elle rosit, gênée, et balaya de la main ma réflexion.

— Changeons de sujet, ordonna-t-elle. C'est bientôt les vacances… Tu as prévu de partir quelque part ?

— Moi oui, mais mon porte-monnaie veut rester à Paris. Et puis Anatole emmène nos fils en Sardaigne cet été, donc tout va bien.

— Comme chaque année.

— Exact… Il les emmène toujours dans des endroits sublimes…

— Il serait temps que tu fasses toi aussi des provisions de souvenirs amusants, dit-elle en se levant, abandonnant sac et veste sur le dossier de sa chaise. Pour l'instant, à toi les contraintes, à lui les bons moments…

Je soupirai, car elle avait raison.

Suzie se retourna et agita la main en direction du tenancier derrière son bar.

— Monsieur ? Les toilettes, s'il vous plaît ?

Il lui indiqua d'un signe de la tête l'existence d'un panneau, sans cesser de polir ses verres au torchon. Elle aperçut la pancarte, remercia l'homme, et s'engouffra dans l'escalier menant vers les W.-C.

À peine eut-elle disparu de mon champ de vision que j'en profitai pour me consacrer pleinement aux textos romantiques échangés avec Léonard.

Léonard : *Et niveau chaussettes, tu me conseillerais quoi ? Je t'embrasse.*

Moi : *Je te conseillerais de ne pas les garder pendant l'action. Ça fait plouc. Je t'embrasse fort.*

Même pas le temps d'avaler une gorgée de café, que mon portable bipa à nouveau.

Léonard : *Vraiment, tu es sûre ? Je t'embrasse sur le bout du nez.*

Moi : *Vraiment, je t'assure. Je t'embrasse sur le menton.*

Léonard : *Et si chez elle il y a du carrelage froid ? Je t'embrasse dans le cou.*

Moi : *Ben emmène-la chez toi dans ce cas. J'effleure de ma main l'angle de ta mâchoire.*

J'éclatai de rire toute seule. Quel gosse, ce type…

Léonard : *T'es folle ? Elle risquerait de savoir à quelle adresse revenir ! Je caresse tes lèvres du bout de mes doigts.*

Moi : *Alors emmène-la chez elle ET garde tes chaussettes, comme ça, tu n'auras pas froid ET elle ne reviendra pas. Affaire réglée. Je respire ta peau, et ton déodorant m'étouffe car tu en as trop mis.*

Léonard : *Mais c'est formidable, comme idée ! Merci ! Que ferais-je sans toi ? Ma main va se perdre dans tes cheveux… où elle en trouve un blanc, qu'elle arrache.*

Un coup d'œil à la ronde, pour vérifier que personne ne m'avait entendue glousser. Oh, et puis, quand bien même, tant pis pour eux. Je me replongeai avec délices dans ma correspondance frénétique.

Moi : *Ça je l'ignore… Tu harcèlerais quelqu'un d'autre, j'imagine ? Au moins ici ta main trouve encore des cheveux…*

Ricanement en secouant les épaules. J'espérais tout de même qu'il n'allait pas se vexer…

Léonard : *Je ne te harcèle pas, j'honore simplement à sa juste valeur la belle complicité qui nous unit. Sauf que ce qu'elle aurait réellement envie d'arracher se trouve un peu plus bas...*

Ah non, il n'était pas vexé. Mais ça devenait chaud et mon café refroidissait...

Moi : *Bien joué, tu m'as arraché un sourire. Faut que je file maintenant. Bonne fin de journée !*

Léonard : *Tu me souhaites une fin de journée comme toi ?*

Je soupirai. Il n'allait pas me lâcher, visiblement. Très bien.

Moi : *Dis, tu le sens ?*

Léonard : *Quoi ?*

Moi : *Mon pied nu, qui remonte lentement le long de ta cheville, qui passe sur ton mollet, qui va tendrement presser ta cuisse...*

Léonard : ... *Oui ??...*

Moi : ... *Pour aller appuyer lascivement sur l'interrupteur de ton portable. Faut vraiment que j'y aille, là. À + copain !*

Voilà, affaire réglée et portable glissé dans mon sac. Suzie revint s'asseoir face à moi, la mine réjouie de celle qui se sent délestée des problèmes qui la submergeaient quelques minutes auparavant.

Ce n'est que deux heures plus tard, lorsque nous quittâmes le café, repues de confidences, d'éclats de rire et d'échanges d'émotions, que je remarquai sur l'écran de mon téléphone cet ultime texto :

Léonard : *C'est malin, mon interrupteur est bloqué sur* on, *maintenant !*

19 heures

Debout devant mon plan de travail, m'acharnant sur une gousse d'ail que j'écrasais nerveusement, je faisais mine de ne pas décolérer. Ce n'était pas parce que je leur préparais leur plat préféré qu'ils ne subiraient pas mon courroux. Bien manger était une chose, être puni en était une autre. Et, pour ce soir, ça allait être lasagnes à la bolognaise selon une recette réinterprétée par mes soins et enrichie de mille petites trouvailles succulentes. Comme à peu près tout ce que je cuisinais, d'ailleurs. Gratinées à point, rehaussées d'une touche de feta, parfumées d'une feuille de laurier et servies avec une soupe à la grimace en accompagnement.

— Mais, maman, je te jure que…

— Ne jure pas, Noé, tu m'entends ? Et puis ça ne sert à rien, je ne te crois pas, de toute façon.

— MAIS, MAMAN ! C'EST INJUSTE !

— Ne crie pas non plus. Je ne suis pas sourde, mon p'tit bonhomme.

Noé se calma aussitôt. « Mon p'tit bonhomme », c'était l'expression signifiant que les choses allaient barder sous peu. Qu'il y avait des limites à ne pas dépasser. Et qu'il flirtait avec dangereusement.

Affairée dans ma toute petite cuisine, je lui tournais le dos. Il ne voyait donc pas l'expression de mon visage, plus préoccupée que réellement furieuse. Mon fils allait avoir droit à son sermon, il n'y échapperait pas. Nous le savions tous les deux. Son professeur m'avait signifié un message à son intention, il avait longuement malaxé ma patience et ma dignité pour m'imprégner de chaque lettre, chaque syllabe, chaque mot qui lui étaient destinés, j'allais en conséquence les lui transmettre. Intonation incluse.

Mais il ne m'en laissa pas le temps.

— Maman, écoute-moi, je t'en prie. Je suis ton fils, tu ne peux pas croire un étranger plutôt que ton fils, c'est impossible !

Sa voix, enflée de sanglots contenus, se mit à trembler et monta dans les aigus comme s'il était gagné par la panique. Il n'en fallut pas plus pour que je jette mes instruments de cuisine, que j'essuie mes mains sur mon tablier, que je me retourne, que je l'attrape et que je le presse contre mon cœur.

Dans la famille « comédiens », je voudrais le fils. Le voilà. Sincère ou pas, peu importait. Il m'était tout simplement intolérable d'entendre un de mes *bambini* souffrir. Dans ces moments-là je pouvais devenir une tigresse, capable de lacérer d'un coup de griffe le visage de l'inconscient qui aurait frôlé un seul cheveu de la coupe déstructurée de mes petits morpions.

Nous allâmes nous asseoir sur le canapé. Ce bon vieux canapé rouge sur lequel certains soirs nous jetions une couverture en polaire pour regarder la télévision, douillettement pelotonnés dessous les uns contre les autres.

Une fois installés entre deux coussins satinés, moi enlaçant ses épaules et lui niché contre mon cou, je laissai Noé plaider sa cause.

Il m'expliqua combien son prof avait un comportement lunatique, psychorigide, de mauvaise foi et arrogant. Combien cet homme ne tenait pas compte des efforts que faisaient ses élèves, les notant systématiquement à la baisse, selon des critères absurdes que lui seul comprenait. Combien il les raillait dès que l'un d'eux prenait la parole, allant jusqu'à les humilier sans pitié s'il était dans un de ses mauvais jours.

Je trouvais le discours de mon fils excessif au possible, et cela me fatiguait.

Quitte à mentir, il lui aurait mieux valu faire preuve d'un peu de mesure pour rendre ses boniments crédibles. Bien sûr, je n'allais pas lui expliquer cela. Mais enfin, ce gosse aurait voulu me décrire Norman Bates déguisé en Michael Myers que le portrait qu'il avait fait de son prof aurait correspondu avec la justesse d'une photographie.

Objectivement, j'avais rencontré le personnage en question. Et si je l'avais, certes, trouvé quelque peu antipathique (en même temps, il n'allait pas me mettre une joyeuse claque dans le dos pour me féliciter de la moyenne de Noé), peu de choses dans son comportement m'avaient semblé mériter une telle avalanche de qualificatifs négatifs.

— Mon chéri… Que tu l'apprécies ou non, c'est ton professeur, et tu dois le respecter. Un prof c'est un être humain comme n'importe quel autre. Il peut être excessif, prétentieux ou un peu sec, peu importe. C'est à toi d'outrepasser les inconvénients de sa personnalité pour te concentrer uniquement sur l'enseignement qu'il te dispense.

— Mais, maman…

— J'ai pas fini. Je veux, j'exige que vous soyez bons en classe, ton frère et toi. Et ce n'est pas négociable. Alors tu vas faire des efforts. Et je ne veux plus jamais t'entendre râler à propos de ce type, c'est bien compris ?

— Pff… C'est injuste, voilà.

— Non, c'est très juste, au contraire. Tu me remercieras plus tard, tu verras.

— Pff…

— Arrête de soupirer, tu m'énerves.

— J'ai le droit de soupirer ! C'est marqué dans la Déclaration des droits de l'homme et du citoyen, que j'ai le droit. Je suis un homme et un citoyen, que je sache.

— Oui, mais tu te conduis comme un sèche-cheveux. Et il n'y a rien de marqué à propos des sèche-cheveux, j'te signale.

Noé croisa les bras, renfrogné, et se mit à bouder.

Par acquit de conscience, je demandai tout de même l'avis du public :

— Nestor ? Tu en penses quoi, toi, du prof de ton frère… Monsieur, heu…

— Lefebvre, maugréa Noé.

— Voilà, c'est ça, monsieur Lefebvre, le prof d'histoire-géo. Tu le connais ?

— Ouais, ça va, il est cool, répondit mon fils aîné (d'un quart d'heure), en s'étirant jusqu'à la télécommande de la télévision, qu'il saisit pour changer de chaîne.

— N'importe quoi ! rugit le jumeau dans mes bras. Il le connaît même pas, il l'a jamais eu !

— Vas-y, lâche-moi…, argumenta Nestor.

Excédée, je me levai du canapé.

— C'est bon, vous m'avez épuisée ! Maintenant ça suffit. Toi, Noé, tu as intérêt à faire des efforts en cours, ou je te prive de jeux vidéo pour le reste de l'année.

— Maman… T'abuses ! J'ai rien fait !

— Précisément. Fais tes devoirs, et fais les mieux. Et toi, Nestor, c'est à ton tour de mettre la table, pendant que j'étends le linge…

— M'man ! J'suis pas ton esclave, quoi…

— Parce que moi je le suis ?

En état d'agacement avancé, je me dirigeai vers la machine à laver, dissertant à voix haute (sans que personne ne me prête la moindre attention) sur la difficulté d'être la mère de deux garçons fainéants, égoïstes et insensibles, à qui j'avais consacré ma vie, sacrifié mes idéaux et offert ma jeunesse pour qu'en retour ils ne m'inondent que d'un torrent d'ingratitude et… tiens, regardez, le chat n'a pas mangé, c'est révoltant, même ça je devais m'en charger.

Accroupie devant l'écuelle de Purée (de son nom complet : « Purée, t'es encore dans mes jambes, toi ?! »), je versai une portion de croquettes multicolores, sur lesquelles le goinfre se jeta avidement. Je manquai d'y laisser mes doigts, aussi les récupérai-je pour aller ouvrir le hublot de la machine à laver, et en sortir tout le linge propre contenu dans son tambour.

Et quand je disais « tout le linge », je parlais bien d'une quantité astronomique.

Lointain était le temps des ados fétides, qui se changeaient une fois par semaine et qui avaient, devant une baignoire, la réaction d'un chat devant un seau d'eau glacée : « Pitié, je ne survivrai pas si vous me plongez dedans ! »

Moi, en guise de félins, j'avais deux minets qui n'en pouvaient plus de prendre soin d'eux.

Et que je te sculpte mes cheveux chaque matin devant le miroir tel un Rodin du follicule, pour leur donner le mouvement exact d'un coup de vent reçu lors d'une balade mélancolique et exaltée un soir d'orage sur la colline. Et que je te choisisse la tenue idéale pour défiler en cours sous les yeux pétillants des filles de la classe, non pas selon le jour (gym aujourd'hui ou pas ?) ou la météo (les muscles naissants s'exhibant sous des tee-shirts moulants même en plein hiver) mais selon l'état d'esprit du moment (envie d'allumer les cœurs ? envie d'imiter son chanteur préféré ? envie de se la jouer bad boy ?). Et que je t'accessoirise chaque centimètre carré de mon look, selon des associations scientifiquement prouvées, clichés de Justin Bieber, de Taylor Lautner ou de G-Dragon à l'appui.

Franchement, dans cette famille, de nous trois, c'étaient eux les filles.

Moi je comptais chaque euro pour boucler les fins de mois avec mon petit salaire de serveuse, les frais de la maison ne me laissant pas le loisir de consacrer trop de sous au superflu. Et lorsqu'on était une maman solo avec deux loupiots, tout ce qui n'était pas nécessaire au quotidien relevait du superflu.

Inutile de s'appuyer sur l'aide de leur père, qui s'acquittait d'une minuscule pension quand bon lui semblait, pension pour laquelle il fallait encore faire preuve d'une reconnaissance aussi factice que dégradante. Certains hommes n'avaient aucun problème de culpabilité vis-à-vis du mode de vie de leurs gosses. Qu'ils déboursent ou pas leur part du budget, ils savaient de toute façon que la mère pourvoirait aux besoins de leurs petits. Jamais elle ne les laisserait mal nourris ou sans vêtements chauds, leur confort passerait toujours avant le sien.

La vie étant ainsi faite et mon orgueil largement supérieur au train de vie que j'avais connu précédemment, j'avais pris mon parti de cette situation et décidé de ne compter que sur moi-même. Aussi injuste cela fût-il.

Ceci étant, aucun des deux gentilshommes que contenait cette maison ne proposa d'aider aux corvées que j'étais en train d'effectuer sous leur nez, rigoureusement concentrés qu'ils étaient sur l'écran de leur téléphone portable. Des SMS devaient s'échanger, car le salon résonnait de petits bips horripilants et récurrents. Qui était au bout du bip ? Mystère. J'étendis donc mon linge, effectuant de nombreux allers-retours entre la cuisine où se trouvait la machine à laver et la salle de bains dans laquelle trônait l'étendoir à linge, qui en gâchait certes un peu l'esthétique, mais améliorait considérablement la dessiccation de nos habits (et c'était finalement tout ce qu'on lui demandait).

— Oh non, Nestor, regarde… j'ai lavé ton nouveau jean avec son étiquette. Tu aurais pu la retirer, quand même.

— Hum…, se justifia mon fils, sans quitter des yeux l'écran de son mobile.

Je soupirai et arrachai l'étiquette en lambeaux, accrochée par un lien en plastique à la poche du pantalon. Il ne restait du petit carton qu'une moitié quasiment décomposée par l'humidité. Tandis que je manipulais le vêtement, je remarquai une boursouflure dans cette poche arrière, plongeai la main dedans, et en ressortis… une bague tribale en argent. C'était un bijou fantaisie unisexe, neuf car encore relié lui aussi à un petit carton de la marque du magasin de vêtements où nous avions acheté ce pantalon.

— Nestor… Regarde ce que je viens de trouver planqué tout au fond de ton nouveau jean… Tu peux m'expliquer ?!

Mon fils leva nonchalamment la tête et posa des yeux indifférents sur l'anneau que j'exhibais bien haut, tel Persée brandissant la tête de la Méduse. Le résultat se révéla identique : Polydectès fut pétrifié, tout comme mon fils lorsqu'il comprit de quoi je le soupçonnais.

— Maman, c'est pas moi, je te jure…

— Un peu maigre, comme explication.

Car il devait forcément y en avoir une logique. Forcément. Il y avait des choses dans la vie dont on était certaine, et le fait que mes fils n'étaient pas des voleurs était l'une d'entre elles.

Pourtant, la preuve que j'avais sous les yeux était bien là : palpable, concrète, irréfutable.

Il n'avait pas payé cet objet, je le savais, j'étais là.

Mon fils, mon sang, mon nourrisson, avait donc bien planqué un bijou dont il ne s'était pas acquitté dans la poche du jean que j'avais passé à la caisse, au risque de me faire arrêter par un vigile et subir un camouflet public.

Il allait me falloir faire preuve de beaucoup de psychologie pour recueillir ses aveux. Le souci, c'est que j'en manquais. Je me mis donc à crier.

— Tu n'as pas fait ça ? Dis-moi que je rêve ?!

— MAMAN, JE TE JURE QUE JE SUIS INNOCENT !

— C'EST EXACTEMENT CE QUE DISENT LES COUPABLES !

Nestor, désespéré de ne pas être cru, s'approcha de moi et me prit le jean des mains. Il regarda l'étiquette intérieure et, aussitôt, son visage s'illumina comme si on venait de pousser un interrupteur derrière ses yeux. Triomphant, il me tendit le vêtement, exposant l'étiquette en tissu.

— Voilà, j'avais raison, t'as vu, j'avais raison ! C'est un jean de fille ! Ce n'est pas mon jean… C'EST LE TIEN !

— Quoi ?

Je lui arrachai le pantalon et le regardai à mon tour, comme s'il m'avait tendu les lunettes de la lucidité. C'était exact : il s'agissait bien de celui que j'avais acheté en même temps que le sien. Il y avait même ces petites décorations, là, des arabesques compliquées à l'arrière qui n'existaient pas sur le modèle « garçon » mais qu'aveuglée par mon angoisse je n'avais même pas reconnues.

Une nana avait dû essayer ce jean dans une cabine, y glisser la bague qu'elle comptait acheter plus tard, et finalement reposer le vêtement sans le prendre, oubliant de récupérer son bijou.

Le degré de honte d'avoir douté de mon enfant innocent fut bien supérieur aux quelques grammes de soulagement que je pus ressentir. J'embrassai son front avec ferveur, je frappai le mien avec horreur, et ne cessai de me confondre en excuses, à tel point que ce fut Nestor qui demanda grâce devant tant d'autoflagellation.

Lui oublia bien vite, mais moi j'en fus malade tout le reste de la soirée.

23 heures

Besoin d'un nettoyage d'humeur avant d'aller dormir.

Besoin de me changer l'eau des idées pour rafraîchir ma tête, avant d'aller m'étendre pour m'offrir lascivement aux rayons du sommeil.

Et de me rappeler que, en cas de compte en banque anorexique, tous les jobs étaient bons à prendre. Ma copine Prunelle par exemple, qui avait débuté comme moi au théâtre. N'ayant peur de rien, elle avait trouvé dans la vie les rôles qu'on ne lui avait jamais offerts sur scène. Enchaînant les boulots que le destin lui proposait, du plus saugrenu au moins évident (elle a été caissière de péage, statue vivante sur un trottoir, animatrice de vente à domicile de lingerie, puis de sex-toys, puis d'ustensiles de cuisine, voix de guidage pour GPS, chauffeuse de salle sur un plateau télé, cobaye professionnelle pour un laboratoire pharmaceutique…), jusqu'à enfin trouver sa voie : un job qui lui a permis de s'installer à la campagne et de se mettre à son compte.

Une activité lui permettant d'employer son sens aigu de la psychologie, son tempérament calme, son amour des cartes, son goût du bluff, son esprit d'anticipation, ainsi que ses capacités à jouer serré. C'est important, de jouer serré. Car, pour elle, le jeu, c'est toute sa vie.

Prunelle est devenue cartomancienne *online*.

Elle donne des consultations épistolaires, écoute ce qu'on lui écrit, rassure de toutes ses forces, calcule l'impossible et annonce la météo des étoiles.

Et puis parfois, pour se détendre, elle me fait

partager certains de ses échanges, qui l'ont fait rire, émue ou troublée.

Ce matin, par exemple, elle en a eu un bien gratiné…

De : Simon Lambert
À : Prunelle Oldfield

Connasse.

De : Prunelle Oldfield
À : Simon Lambert

Abruti.

De : Simon Lambert
À : Prunelle Oldfield

Vous ne me demandez même pas pourquoi je vous traite de connasse ?

De : Prunelle Oldfield
À : Simon Lambert

Parce que vous êtes un abruti ?

De : Simon Lambert
À : Prunelle Oldfield

Salope.

De : Prunelle Oldfield
À : Simon Lambert

Ah, vous m'emmerdez, à la fin. Allez voir ailleurs si j'y suis. Sur 3615 motscruspourpervers, par exemple. Ils font une promo pour les malades atteints de la Tourette en ce moment. Profitez-en ! Et restez-y.

Bon, eh bien tout compte fait, moi, j'allais plutôt m'endormir en lançant un DVD.

2

Mardi

Someone found a letter you wrote me, on the radio
And they told the world just how you felt.

Donna Summer –
« On the Radio »

6 h 45

En pilotage automatique, j'entrepris d'accomplir les gestes mécaniques de ma routine matinale. À ce stade de répétitions immuables, j'aurais pu m'en sortir les yeux fermés.

Or, précisément, mes yeux, papillotant fragilement à la lumière allumée, supposaient les obstacles plus qu'ils ne les repéraient.

Premier mouvement de mon ballet quotidien : la bouilloire que je remplissais d'eau avant de la brancher. Quelques secondes lui suffisaient pour faire son office.

Je versais alors l'eau brûlante dans un mug, et y laissais tomber un sachet de thé à la vanille, qui infusait au rythme où je le touillais.

Ensuite j'allumais la radio, pour émerger de

mon état pâteux au son de la gouaille de Léonard. Si je tombais sur une page de pub, j'étalais la confiture sur mes tartines la mine renfrognée. Mais, si je rencontrais le timbre de sa voix délurée, un sourire niais illuminait mon visage, et je mâchouillais mes toasts à coups de dents enjoués.

Pourtant, même sous la torture, jamais je n'aurais admis en public écouter ses élucubrations lourdingues pour puceaux acnéiques. Ses gags puérils, ses blagues potaches me faisaient certes marrer (parfois à gorge déployée), mais ça devait rester un secret entre moi et mon mug de thé.

Souvent, j'attrapais mon carnet, et je rédigeais un texte si un des titres qu'il passait avait titillé mon oreille. C'était mon moment privilégié, en tête à tête avec moi-même, où je me laissais porter par l'inspiration du jour qui renaissait, et des notes qui voletaient dans la pièce.

Ensuite je me régalais à nouveau quand Léonard reprenait le micro.

Évidemment, je faisais semblant de ne pas remarquer ses allusions pachydermiques et ses private jokes à deux dinars. Après tout, il s'adressait peut-être à quelqu'un d'autre lorsqu'il lançait « Les brunes ne comptent pas pour des prunes » en précisant avec un ton énigmatique que certaines comptaient même pour beaucoup plus. Quand il proposait « I just called to say I love you » en ajoutant « d'ailleurs moi-même, j'ai un coup de fil à passer… » et qu'il m'appelait pendant que le titre était diffusé, juste pour me lancer une vanne, me raconter une anecdote, ou me faire un baiser.

Moi, je la jouais indifférente, car officiellement je n'étais pas supposée l'écouter. À chaque fois qu'il me demandait comment j'avais trouvé sa dernière émission, je prétendais l'avoir ratée. Certes, c'était un peu égoïste de ma part. Mais je pouvais ainsi me délecter de ses clins d'œil gratuitement, sans avoir besoin de les commenter ensuite.

Ah, le voilà qui reprenait l'antenne…

« … et avant de laisser la belle Kylie Minogue nous susurrer “I'm in love, hoouu, I'm in love houuu…”, j'en profite pour envoyer un baiser à la jolie blonde de cette nuit : Pia, I'm in love houuu, I'm in love houuu ! Haha ! Je sais, je suis un veinard. Et vous en êtes un autre, puisque vous écoutez Tornade FM, la radio hits, news and rigolade qu'on aime ! Allez, c'est parti… »

Je fixai mon poste, interdite.

Puis je l'éteignis d'un geste sec, maugréai entre mes dents « p'tit con, va », attrapai mon thé à la vanille, et filai me réfugier dans ma chambre.

Pour la quiétude d'une vie sereine, il est notoirement prouvé qu'il est préférable d'éviter de s'attacher émotionnellement à un serial séducteur (ou à un serial baiseur, en l'occurrence). Aussi me félicitai-je d'y être jusqu'à présent parvenue.

Léonard était mon pote, quasiment un membre de ma famille, sexuellement mon meilleur ami homo, et c'était très bien comme ça.

7 heures

Pensant déjà à autre chose, je posai le mug bouillant sur le rebord de mon bureau et m'installai devant l'écran de mon ordinateur.

7 h 01

La suite se déroula comme dans une scène de film tournée au ralenti.

Je vis du coin de l'œil le mug se renverser, sans bruit, l'eau giclant en d'inexorables gouttes émergeant en *slow motion*. Au moment où le récipient chutait sur le côté, je compris ce qui était en train de se passer et pensai : « Oh non, merde, pas sur mon clavier, PAS SUR MON CLAVIER ! » Dans un réflexe désespéré, je me jetai en avant de toutes mes forces, saisis mon vieil ordinateur portable, le soulevai… Oui, OUI, miracle ! MIRACLE ! Et le sauvai in extremis du liquide qui se répandit pile à l'endroit qu'il occupait un battement de cils plus tôt.

Liquide qui envahissait à présent la surface de ma table de bureau, tel un napperon ambré, ne détruisant rien sur son passage car ma nouvelle imprimante se trouvait en hauteur, bien à l'abri des fléaux que j'infligeais à mes appareils électroniques (entre ma précédente imprimante qui avait succombé au grillage de ses circuits consécutif à la chute d'un verre de lait chaud dessus, mon smartphone tombé dans la cuvette des toilettes, ou ma carte mémoire passée à la machine à laver, désormais je devenais prudente. J'étais une serial briseuse).

Bon. Pas de papiers imbibés sur le passage du mini raz-de-marée. Mon téléphone portable était resté dans la pièce d'à côté. Aucun dégât manifeste nulle part, tout était en ordre, même le mug en position allongée n'était pas ébréché.

Ça, pour un coup de bol, c'était un coup d'hyperbole.

Je posai mon ordinateur en hauteur et, soulagée, me laissai retomber sur ma chaise.

7 h 02

… D'où je me relevai en hurlant, les fesses atrocement ébouillantées.

Il me fallut un temps d'atterrissage dans ma tête pour comprendre l'origine de cette douleur aussi violente que surprenante, et réaliser quel avait été le parcours du thé brûlant depuis sa tasse jusqu'à mon cul.

Voilà donc l'explication de mon matériel gracié : si mon bureau s'était vu relativement épargné par l'inondation parfumée à la vanille, c'est parce qu'elle s'était déversée sur ma chaise au moment exact où je m'en étais levée.

Synchronisation parfaite. Coordination exceptionnelle. Exactitude fatale.

Deux sentiments contradictoires m'étreignirent : je ne sus si je devais me réjouir de n'avoir rien de cassé, ou bien appeler un médecin pour qu'il soigne les blessures douloureuses qui cuisaient mon fondement.

En réalité, je le sus immédiatement : le temps était venu pour moi d'inaugurer mon premier bain de siège. Toute seule, comme une grande, dans ma salle de bains.

Jamais je n'aurais le courage d'affronter l'hilarité d'un toubib.

7 h 30

Je dus en revanche affronter l'hilarité d'un binôme d'adolescents échevelés, aussi compatissants que deux bébés requins se renvoyant au ping-pong une otarie blessée (aux fesses).

Finalement, pourquoi les gens avaient-ils besoin de boire de l'alcool pour faire la fête ? Moi je dis : rien de mieux qu'une petite infusion de croupe pour mettre l'ambiance autour de soi.

Surtout au petit déj. On ne pensait pas souvent à l'animer, le petit déj.

Voilà qui était fait.

9 h 30

Pourquoi m'acharnais-je encore à participer à des castings ? À quel moment allais-je enfin comprendre que ce métier ne voulait pas de moi ?

Je n'en vivais pas. Je n'en survivais même pas. J'en sous-vivais. Si je n'avais pas pu coupler mes rêves de gloire avec mon job chez ma grand-mère, il y a belle lurette que j'aurai dû mettre la clé sous la porte de mes ambitions.

Les métiers artistiques étaient finalement beaucoup trop aléatoires. L'âge venant, le concept de stabilité professionnelle me semblait une évidence pas si ringarde que ça.

Je pensais à mes fils.

À leurs notes que je surveillais. À mon intransigeance lorsque ces chiffres baissaient. Ils étaient relativement bons élèves, mais chaque année gravie dans leur scolarité me semblait les éloigner un peu plus de ma précarité. Certes, si ce vaccin contre l'incertitude n'était pas infaillible, au moins s'agissait-il d'un traitement qui avait fait ses preuves.

Apprendre, apprendre encore, maintenir ses efforts, grandir intellectuellement, dominer ses sujets, se constituer une réserve d'or de connaissances du haut de laquelle plonger, avec délectation, dans des flots d'érudition. Plus, plus, toujours accumuler plus, jouissance infinie de se cultiver sans limites, avoir le choix des chemins à prendre, ne pas être dépendant du bon vouloir d'autrui, devenir son propre outil. S'infliger de longues années de contraintes avec pour seule sanction : la liberté.

Une blonde, élancée, avec des anglaises et un nez trop court, se tenait devant moi dans la file des postulantes. Elle se retourna et, après m'avoir observée un moment, se pencha en chuchotant :

— Excusez-moi, mais… vous n'êtes pas un peu typée, pour le rôle ?

Je lui offris mon plus beau sourire, et lui répondis :

— Merci.

— Pourquoi ?

— Je vous semble dangereuse, alors vous tentez de me déstabiliser. C'est raté.

Son sourire s'élargit, affichant une franchise nouvelle.

— Qui sait…

J'éclatai de rire. Autour de nous, les prétendantes au rôle se jaugeaient respectivement, relisaient leur texte en le psalmodiant, pianotaient sur leur portable ou échangeaient quelques mots en sourdine. Sur le ton de la confidence, je glissai à son oreille :

— Allez, j'avoue… c'est vrai que je n'ai pas tout à fait le profil de l'héroïne de cette pièce, mais ce n'est pas un problème. En réalité, j'ai déjà le rôle. Le metteur en scène est mon mec. Ma présence ici n'est qu'une formalité pour crédibiliser son choix vis-à-vis des producteurs. Mais chut, hein…

Mutine, je gloussai, mon index collé contre les lèvres, tandis que le visage de la blonde se décomposait à une vitesse jouissive. Raide et fermée, elle réajusta la lanière de son sac sur son épaule et quitta la file des candidates du pas autoritaire de celle dont le temps est trop précieux pour être gâché avec des imposteurs.

Oh. Elle qui était pourtant si jolie, si grande et si blonde, avec exactement les caractéristiques physiques correspondant au personnage à caster.

Oh. Quel dommage.

Quel dommage que cette gourde n'ait pas remarqué que le metteur en scène était une femme.

(Finalement, la connaissance, c'était bien, mais l'expérience, c'était pas mal non plus...)

13 h 15

À l'instant, un client du restaurant qu'on n'avait jamais vu a levé sa main pour me faire signe, au moment où je passais les bras chargés d'un plateau. Puis il l'a laissée retomber trop vite, me frôlant les fesses. J'ignore s'il l'a fait exprès ou si son geste était involontaire, le fait est que j'ai poussé un petit cri. Pas seulement de surprise, mais aussi de douleur. Rapport à mon thé dansant matinal.

Je n'ai même pas eu le temps de réagir que Naraé, qui avait vu la scène, est sortie de derrière son comptoir comme un chat sauvage et lui a mis une tarte monumentale. Mais alors une tarte... dans le genre haute gastronomie de la pâtisserie. Limite un pain.

Le client a fui en se tenant la joue, et Yun-Shik, le cuisinier, a dû maintenir une Naraé déchaînée qui voulait courir après lui, le démonter façon pièce montée.

Incroyable, n'empêche, toute l'énergie que peut contenir une si petite femme.

16 h 22

— Oui, oui, attends une seconde… Oui, voilà…

Le portable coincé contre mon épaule et les bras chargés de courses, je poussai d'un coup de hanche la lourde porte de mon immeuble.

Une fois dans le hall, bien à l'abri dans cet étrange sas intermédiaire entre monde extérieur et doux foyer, je m'appuyai contre le mur et l'écoutai se confier.

Dans mon oreille, Suzie gémissait sur la perte de sa foi en l'amour. Elle allait fêter ses quarante ans la semaine prochaine et l'échéance de cette nouvelle décennie lui faisait prendre conscience de tout le temps qu'elle avait gâché à espérer des romances chimériques. D'ailleurs, elle avait décidé de cesser d'aller voir Gyslain, résignée, certaine de ne plus pouvoir inspirer à quiconque un amour véritable.

J'avais beau lui rappeler que sa vie était devant elle, elle ne voulait rien entendre, n'y croyait tout simplement plus.

Alors j'entrepris de parler un langage qu'elle comprendrait mieux, en revisitant les vers de sa pièce préférée, *Cyrano de Bergerac*.

Je connaissais le monologue du nez par cœur, et cela faisait des jours que j'avais inventé mes propres alexandrins dessus, pour lui en faire la surprise autour d'un gâteau à l'édulcorant, à la crème allégée et à la margarine.

Tant pis pour le « plus tard », le bon moment, c'était maintenant.

— Suzie, c'est juste un cap à passer, je t'assure, c'est le zéro à côté de ce quatre qui t'angoisse, mais c'est simplement un chiffre, ça ne changera rien à ta vie, prends-le à la légère ! Moque-t'en ! Dédramatise, cocotte !

— Non, tu ne comprends pas, ça me déprime vraiment…

— Mais si, écoute, c'est exactement ça : un cap à passer. Hou ! Allez, vanne-toi ! Vanne-moi ! Répète après moi : Que dis-je, c'est un cap, c'est une PÉNINSULE !

— Haha… T'es con…

— Curieux : de quoi sert cet oblong matricule ? De méritoire, madame, ou de porte-drapeau ? Gracieux : aimez-vous à ce point les ans beaux, que maternellement vous vous préoccupâtes, de m'aider à compter et ne les calculâtes ?

— T'es folle, je te jure, t'es trop folle…

— … Truculent : ça, madame, lorsque vous pérorez « la valeur de vos rides, vous devez célébrer », assumez-vous vraiment ce que vous glorifiez ? Prévenant : gardez-vous, votre moral entraîné par ce poids, de tomber tristement dans l'alcool…

— Mais où vas-tu chercher tout ça ?

— Attends, attends… heu… Tendre ! Faites-vous donc une soirée gaudriole…

— … En parlant de soirée, je voulais te dire…

— … et célébrez à deux cette petite chicane. Pédant : la fille seule, madame, c'est un drame, qu'on appelle Bridgetocélibolacoolos, n'est pas, vous le voyez, sûre d'elle, c'est craignos…

— C'est bon, j'ai compris le principe, merci ma…

— … Cavalier ! Attends, j'ai pas fait cavalier… Cavalier : quoi, l'amie, quarante ans, c'est la mode ? Pour dresser un bilan, je confirme, c'est commode. Emphatique : aucune tuile ne peut, âge magistral, te faire vraiment flipper, et c'est le principal…

— Brune, il faut que je te laisse, là. Je suis au boulot et il y a des gens qui m'attendent pour que j'enregistre leurs livres… Merci. Parler avec toi m'a fait un bien fou… On se rappelle plus tard ?

— Mais il manque dramatique, admiratif, lyrique… Bon, OK, OK… À plus, ma puce.

Je raccrochai, sourire aux lèvres, rangeai mon portable dans ma poche, et mis un coup de clé dans la serrure de ma boîte aux lettres. J'en sortis une poignée d'enveloppes blanches contenant toutes des factures. Et un billet jaune, qui me fit perdre mon sourire dans la seconde. Tellement facile de donner des conseils d'optimisme aux autres, quand je n'arrivais pas à me les appliquer à moi-même…

C'était un avis m'indiquant que le facteur était passé, qu'il ne m'avait pas trouvée, qu'il en avait déduit que j'étais partie danser la carmagnole avec ma bande de copains punks, au lieu de m'occuper de mon doux foyer en touillant lentement des plats qui mijotaient des heures, que pour me punir il me confisquait cette lettre d'une importance capitale puisqu'elle m'avait été adressée en recommandé, et que ça m'apprendrait à ne plus être aussi futile et évaporée la prochaine fois.

Mon Dieu, ça y est, je délirais.

En montant les quelques marches qui menaient jusqu'à mon ascenseur, je scrutai fébrilement le billet administratif, à la recherche d'une trace, d'un indice, d'une empreinte digitale, d'une marque de rouge à lèvres, d'un cheveu resté collé dont je pourrais décrypter la couleur, bref, de n'importe quel signe pouvant me révéler par où viendrait le coup.

Mais ce salaud, qui n'affichait qu'une frustrante série de chiffres aussi éloquents qu'une équation à trois inconnues pour un élève de maternelle, restait obstinément muet quant à l'identité de son expéditeur. Ou plutôt devrais-je dire : de son commanditaire.

Le temps d'arriver à mon étage et, déjà, je sentais des larmes me picoter les yeux.

Du calme, faible femme. Si ça se trouve, ce n'était rien de grave.

Rien de grave, rien de grave. Bien sûr. Quelqu'un avait négligemment dépensé six euros uniquement pour ne rien m'annoncer de spécial.

À peine franchi le seuil de chez moi, l'humeur aussi sombre que si on l'avait fixée au bout d'un bâtonnet et trempée dans un glaçage au goudron, je posai mes sacs de courses dans le minuscule couloir de l'entrée de mon tout petit appart. Puis je collai l'avis de passage sur ma porte à l'aide d'un magnet, telle l'affichette me rappelant ma tête mise à prix et ma reddition au bureau de poste à la première heure dès le lendemain.

En catalepsie méditative, me tricotant lentement mais sûrement un ulcère, un spasme à l'endroit, un spasme à l'envers, j'entrepris de balancer mes chaussures, retirer mon manteau, me déshabiller, vite, vite, me mettre à l'aise, au moins physiquement, pour alléger mécaniquement l'angoisse qui étreignait mon souffle.

Autour de moi, le silence régnait, mes fils n'étaient pas encore rentrés du collège.

J'allumai la télé, comme on allume le diffuseur d'un parfum d'intérieur, histoire de remplir l'atmosphère de vies artificielles. Alors seulement, je retournai jusqu'au couloir de l'entrée, saisis mes sacs de courses, pénétrai dans la cuisine, et mis les pieds dans une flaque d'eau.

Le moteur du frigo avait lâché, tout ce qu'il contenait avait décongelé.

Il me fallait prendre les choses en main. Ce que je fis en m'asseyant par terre.

Sans hésiter, je me penchai, j'enserrai mes genoux dans mes bras et je fondis en larmes.

Au fond, tout au fond quelque part, je sentis les fils de mes nerfs se dénouer, s'assouplir et désenfler, à mesure que je les gainais d'un épais onguent lacrymal.

Après tout, je n'étais plus à quelques gouttes près.

18 heures

Nestor et Noé étaient rentrés de leur cours de basket, et avaient reçu pour consigne de ne pas sortir de leur chambre tant que leurs devoirs ne seraient pas faits et leurs leçons apprises. Depuis la cuisine où je faisais cuire l'intégralité de ce qu'avait contenu mon congélateur pour ne pas tout perdre, je les entendais m'appeler et s'engueuler en même temps. Alors je m'approchai silencieusement de leur territoire, telle la squaw rusée encerclant son dîner.

— Ton haleine sent comme un camembert qui aurait des aisselles en sueur.

— Mamaaan ?! (Puis chuchotement :) J'ai trouvé dans quel pays on fabriquait l'huile d'olive : tes cheveux !

— MAMAAAN ?! (Puis murmure :) Tu sais, quand tu contractes tes biceps, tes muscles reproduisent super bien le relief d'une crêpe !

— MAMAAAN, T'AS ENTENDU CE QU'IL M'A DIT ?! (Puis ricanement :) Hey, *La Guerre des boutons*, c'est inspiré d'un reportage sur tes spots ? Avec ce que t'as sur la tronche, tu vas gagner un fric fou en produits dérivés !

Soudain, surgissant avec la promptitude d'un mari trompé dans un vaudeville, j'ouvris la porte et me figeai devant eux, bras croisés, bouche fermée et sourcils froncés, incarnation vivante de la loi et de la justice. Ils sursautèrent en poussant un cri.

Aussitôt, mes fils tentèrent de justifier leur saisissement coupable par des gloussements forcés ponctués d'hypocrites « hu ! hu ! eh ben, tu nous as fait peur » et autres « hé ! hé ! m'man, t'es trop forte, on t'a pas entendue arriver ».

— Et sinon, niveau devoirs, vous en êtes où ?

Nulle part, visiblement. Ils étaient allongés sur leur lit défait en train de s'échanger des vannes, pas assis devant leur petit bureau en train de résoudre des équations. Des cahiers étaient certes ouverts devant eux et quelques livres les entouraient, mais toute cette vitrine ressemblait plus à un décor de cinéma qu'à une véritable scène d'études.

— On travaille, regarde ! m'expliqua Noé en saisissant le stylo qui se trouvait encore dans sa trousse une seconde plus tôt.

— Comme des brutes, compléta Nestor, ajoutant à sa comédie un rictus d'agacement feint, comme s'il avait été dérangé en pleine concentration.

J'observai leur lit en désordre, mais ne localisai pas le magazine que l'un était en train de feuilleter et le casque du baladeur numérique que l'autre utilisait forcément quelques minutes plus tôt. Mes jumeaux, je les connaissais par cœur. Normal, c'est moi qui les avais faits.

— En plus, trop cool, on étudie les États-Unis en ce moment, reprit Nestor, sans remarquer qu'il avait l'index pointé sur un livre de sciences physiques. Et c'est PILE là-bas que papa a dit qu'il nous emmènerait passer l'été. La classe ou la classe ?

— La classe, soupirai-je à l'idée des vacances exceptionnelles que mon ex parvenait à leur offrir chaque année. C'est bien, les enfants, je suis méga contente pour vous. Ça risque d'être de la balle. Wouhouu…

Devant mon « wouhouu » dont les dernières notes s'effondraient faute de souffle, Noé, un peu plus psychologue que son frère, s'empressa de réagir :

— En même temps, c'est pas l'endroit qui compte, c'est les personnes avec qui on est. Hein, maman ?

— Oui, mon amour… mais tout va bien. (Je souris.) Nous trois aussi on va se faire un super break. Je ne sais encore ni où ni quand, mais je vous le promets.

— Oh, tu sais où je rêverais d'aller ? s'écria Nestor, soudain désireux de faire plaisir à sa mère, en lui accordant la possibilité de faire plaisir à son fils.

— Non, où ça ? répondis-je, craignant le pire.

— À Londres !

Aïe. Cette histoire de Londres, ce n'était pas la première fois que j'en entendais parler. Les gosses rêvaient depuis toujours de découvrir le pays du club de foot originel de David Beckham, Manchester United. Et puis de Sherlock Holmes, dont ils avaient dévoré toutes les aventures. Mais surtout, surtout, d'Harry Potter, leur idole. Leur père avait promis de les y emmener un nombre incalculable de fois, mais finissait toujours par se dégonfler et se rabattre sur une destination qui plaisait plus à sa nouvelle petite amie. Et Londres n'en faisait manifestement jamais partie.

— Et puis regarde la coïncidence, continua mon fils surexcité, ma copine Hermine y va justement le week-end prochain, avec son petit frère Robinson et sa mère Camille. Allez, qu'est-ce que tu en dis, ça pourrait être une bonne idée ? Un week-end, c'est pas très long, ça coûte pas très cher, et il y en a justement un à la fin de cette semaine ! Tu nous rendrais TELLEMENT heureux, ma petite maman chérie…

J'éclatai de rire en secouant les mains.

— Woho, du calme. Un voyage ça ne s'organise pas comme ça. Il faut du temps, il faut réfléchir, il faut évaluer les différentes options, trouver les meilleurs prestataires, étudier les plans de la ville, définir un budget… trouver un budget…

Noé vola à mon secours en mettant une petite claque à l'arrière du crâne de son frère.

— Hey, vas-y, le chenapan, comment il est trop in love d'Hermine !

— Ta bouche, petit voyou. Tu sais pas de quoi tu parles.

Noé mima alors son jumeau penché en avant, roulant une pelle baveuse, toute langue dehors, à la fille invisible qu'il tenait entre ses bras.

— Oh, Hermine, tes yeux me rendent amoureux, oooh, Hermiiine, tes lèvres me donnent la fièvre, OOOH, HERMINE, VIENS LÀ PETITE COQUINE !

— Maman ? Tu comptes laisser ce chimpanzé se ridiculiser en nous exposant ce qu'il inflige chaque soir à sa peluche Babar ?

— Erreur. C'est TA peluche Babar.

— MAMAN ?!?

Ces gosses étaient irrécupérables. Gagnons du temps en n'en perdant pas. Je quittai leur chambre, refermai la porte, et les laissai se pourrir de vannes jusqu'à l'heure du dîner.

22 h 15

— Allô, Prunelle ? J'en peux plus… J'ai besoin de te parler, j'ai besoin de t'entendre, j'ai besoin d'une épaule, j'ai besoin d'un soutien… J'AI BESOIN D'UN SOUTIEN !

— … gorge ?

— Prunelle. Pitié. Sérieux, je craque pour de vrai, là.

Assise contre le dossier de mon lit, les genoux ramenés sous le menton, je me tenais recroquevillée sur mon téléphone comme si l'objet me dispensait non pas du son, mais de l'oxygène.

— Qu'est-ce qui t'arrive ? Allez, raconte…

— Je suis fatiguée, le manque de fric, les problèmes de boulot, le frigo qui vient de me lâcher…

— Il est encore sous garantie ?

— Je sais pas, possible, oui…

— Alors, demain tu appelles un technicien gratos. Quoi d'autre ?

Long soupir.

— Toutes ces factures qui envahissent ma boîte aux lettres… Pourquoi tuer autant d'arbres pour me faire du mal ? Qu'est-ce que j'ai fait aux bûcherons pour mériter ça ? Je crois que je vais devoir vendre ma voiture.

— T'as une voiture, toi ?

— Oui, enfin, pour être plus précise : une voiture m'a. Et elle est bien contente de m'avoir, cette vieille guimbarde, parce qu'elle est si décatie que, à part moi, personne n'en voudrait.

— Tu veux que je te dise ce que tu devrais faire ?

— Oui, dis-moi, DIS-MOI, je t'en supplie, pense à ma place, trouve-moi mes solutions.

— Tu as besoin de prendre des vacances. De faire un break. C'est vital. Tant que tu n'auras pas reconstitué tes forces, tu ne pourras pas avancer. Tu es comme un pneu à plat qui roule sur la jante. Tu as besoin de te regonfler le moral. Et sans attendre.

— Avec quel fric, dis-moi ? Si ta boule de cristal me dit au pied de quel chêne trouver une cassette de pièces d'or, je raccroche et je creuse.

— Ma boule de cristal a toujours réponse à tout, sache-le. Et elle te dit de venir en vacances chez moi, à la campagne. Pas besoin de cassette ! En une semaine, je te requinque. Grand air, nature, ciel bleu…

— … coin paumé, un habitant par hectare, premier hôpital à cent kilomètres…

— … soins aux animaux de la ferme d'à côté, champs de fleurs sauvages, légumes du potager…

— … traite des poules à cinq heures du mat', risque de se faire bouffer par une tique, petites vieilles qui espionnent derrière leur rideau…

— Tu trais les poules, toi ? Purée, viens sans attendre, j'te jure qu'on va se marrer !

— Écoute, j'aurais adoré, sincèrement. Mais je suis prise ce jour-là.

— Tu rates.

— Et Dieu sait combien j'en souffre. Et toi, alors, tu montes quand à Paris ?

— Possible que j'y passe en coup de vent la semaine prochaine…

— YES !

Je ramenai mon coude vers moi.

— En attendant, tu sais quoi ? Tu te souviens du chtarbé qui m'avait écrit hier ? Il a recommencé… je te montre ?

— Un peu, que tu me montres ! J'ai besoin de rigoler en ce moment.

— Alors, échauffe tes mandibules…

De : Simon Lambert
À : Prunelle Oldfield

Chère (et c'est peu dire, vu ce que vous m'avez coûté…) madame,

Je vais vous laisser. Mais auparavant, je voulais m'assurer que vous dormiez l'esprit paisible et serein, dénué de toute trace de cette culpabilité oppressante qu'aurait pu induire votre conduite de mégère cartomancienne qui a fait voler mon couple en éclats.

C'est vrai, on ne sait jamais. Au cas où il resterait un reliquat d'humanité dans votre cervelle de vieille folle. Un bête cas de conscience est si vite arrivé… Il convient de s'en inquiéter.

Voilà qui est fait.

Pas cordialement du tout,

Simon Lambert.

De : Prunelle Oldfield
À : Simon Lambert

Cher (je plaisante, hein) monsieur,

Il n'est pas besoin d'être divinatrice pour comprendre ce qui a pu réduire votre couple en miettes. Un bref coup d'œil à vos messages précédents établit de façon limpide vos dispositions avérées à la communication, à la finesse d'analyse et au débat d'idées.

Je vous souhaite donc bonne chance pour votre prochaine relation.
(Car il vous en faudra, de la chance. Et peut-être également une petite inclinaison à l'aliénation psychiatrique de la part de votre nouvelle partenaire, n'ayons pas peur des mots.)
Encore moins cordialement,
Prunelle Oldfield.

De : Simon Lambert
À : Prunelle Oldfield

Chère Prunelle (tiens, c'est marrant, ça rime avec « chamelle »),
Oh, et puis non.
Vous savez quoi ? J'ai décidé de vous emmerder encore un peu.
Dix ans de ma vie qui volent en éclats valent bien que vous me consacriez quelques minutes de votre précieux temps.
Vous désirez que cesse cette palpitante correspondance ?
Be my guest ! Je ne vous demanderai qu'une seule chose en échange : un aveu écrit admettant que vos super-pouvoirs divinatoires, c'est du flan.
Un simple retour de mail attestant vos mensonges, que je pourrai montrer à ma femme pour la faire revenir. J'ai l'intuition certaine qu'ainsi je parviendrai à la récupérer. Un flash, une certitude, même. Mise face à une telle évidence, face à une preuve aussi formelle, je ressens même ce que d'aucuns pourraient appeler une prémonition.
(Rassurez-vous toutefois d'une éventuelle concurrence, je vous jure de ne jamais ouvrir mon cabi-

net de charlatanisme dans le même quartier que le vôtre.)
Vous voyez ? (Une fois n'est pas coutume...)
C'est d'une simplicité enfantine.
Un mot de vous et... adieu.
Alors ?

De : Prunelle Oldfield
À : Simon Lambert

Cher Simon (tiens, c'est marrant, ça rime avec « bouffon »),
... « Alors » ?
... « Alors » ??
Alors vous avez gagné.
J'accepte.
Et comme je suis d'humeur généreuse, j'ai décidé de ne pas vous offrir un mot, mais quatre :
Allez, vous, faire, foutre.
(Quatre adieux pour le prix d'un seul, ne me remerciez pas, ça me fait plaisir.)
Prunelle.
P.-S. : Vous voulez une preuve indiscutable de l'existence de mes super-pouvoirs ? La voici : ils m'indiquent de façon absolue que c'est ici que nos routes se séparent.
Ce que vous lisez en ce moment est mon dernier message. Désormais pour moi vous n'êtes qu'un spam.
Et on ne répond pas à un spam.
On l'efface.

— Alors, ma Brune, t'en penses quoi ?

— Ben… T'as vraiment brisé son couple, avec tes prédictions inventées ?

— Honnêtement, je n'en ai aucune idée. Je n'ai pas le moindre souvenir d'avoir jamais conseillé à quelqu'un de quitter son mari, jamais je ne me serais permis une chose pareille, tu imagines bien…

— Oui, mais peut-être sa femme aura-t-elle mal interprété une de tes paroles…

— On n'est pas à l'abri de ce genre de choses, effectivement.

— N'empêche, je rêve ou il a osé te traiter de chamelle ?

— T'as vu ça ? Alors que mon prénom si délicat rime plutôt avec…

— … Pucelle ? Semelle ? Aisselle ?

— Ah ça… c'est toujours mieux que Prune, qui rime avec charogne !

3

Mercredi

Your hands are on my hips
Your name is on my lips.
Lana Del Rey –
« Burning Desire »

— Une coupe ?

Il me tendit un verre de champagne.

Alanguie sur le sable du rivage, je me redressai et l'acceptai avec un sourire.

Nos doigts se rencontrèrent lors de l'échange. Le contre-jour m'empêchait de distinguer son visage, mais je sentis ses prunelles intenses happer un instant mon regard détaché.

Puis il se laissa tomber près de moi, étendit ses jambes et les croisa, ses pieds nus à quelques centimètres à peine des vagues qui agonisaient devant lui.

Face à l'océan, j'avalai une gorgée d'or cristallin qui me picota le palais, et plissai les yeux pour mieux apprécier le spectacle des lueurs flamboyantes de ce soleil qui infusait entre les nuages.

Chaque minute qui s'écoulait, l'astre s'éteignait un peu plus à mesure qu'il s'immergeait dans l'horizon liquide.

La plage était déserte, seulement bercée par les notes d'une musique étouffée et lointaine, comme née de nulle part. Les parfums capiteux de fleurs qui ne s'ouvrent qu'au crépuscule embaumaient l'air qui nous enveloppait.

À perte de vue, il n'y avait que nous deux. Nous étions seuls au monde.

Une brise s'engouffra dans les plis de ma robe en coton, faisant voleter en remontant les mèches autour de mes joues. Je dénouai mes cheveux, très noirs et très longs, et les sentir se répandre dans mon dos me procura un doux bien-être, libérant mon esprit de toutes ses turpitudes.

J'inspirai. Un peu trop fort.

Encore une gorgée de vin doux, et je posai ma coupe en l'enfonçant dans le sable, bien calée. Puis, en appui sur un coude, je laissai mon index ébaucher dans les grains minuscules quelques mots éphémères que je ne relus pas.

Un petit caillou me piqua le doigt, me faisant cesser alors mon geste automatique.

Le vent se remit à souffler. Une feuille d'eucalyptus passa près de ma joue, avant de s'en aller tourbillonner avec grâce vers les étoiles qui s'allumaient. À ce contact immatériel, je frissonnai comme si un musicien avait laissé courir ses doigts sur les cordes d'une harpe, faisant naître une symphonie de sensations qui se répercutaient à la surface de ma peau.

Son épaule frôla la mienne.

Je n'y prêtai pas garde et fermai les yeux, mes pensées tout entières offertes à la lumière de ce moment, à l'intensité de cet endroit, à la sérénité de cette atmosphère, grisée par l'immémorial ressac des flots, transportée par le bruit du froissement d'ailes d'une nuée d'oiseaux sauvages s'élançant vers l'infini.

Je ne goûtai qu'un instant à cette étourdissante sensation de liberté, car il m'emprisonna soudainement dans ses bras.

Avec une infinie douceur, il me fit basculer en arrière en me maintenant toujours serrée contre lui. Je faillis ouvrir les yeux, mais sa chemise était déboutonnée et mon nez à hauteur de son cou. Et il y avait tellement d'autres sens qui me racontaient ce qu'il y avait à voir…

À présent, son corps tout entier pesait contre le mien.

Puissant, rassurant. Imposant, protecteur.

Je sentis mon cœur palpiter.

L'odeur de sa peau était si enivrante que je nichai ma tête contre son menton, pour la respirer mieux encore. Troublée, frémissante, je laissai mes doigts se perdre dans ses cheveux, caressant sa nuque, pressant sa mâchoire, effleurant sa pomme d'Adam.

Sans un mot, ses mains exploraient fébrilement

mon corps, mes bras, mes seins, mon cou, remontaient jusqu'à mon visage, qu'il parcourut alors lentement, sensuellement, déposant des baisers à la racine de mes cheveux, sur les lobes de mes oreilles et sur le bombé de ma gorge.

Du sable s'était immiscé le long de ma jambe, et cette sensation désagréable me gêna.

Des doigts je voulus balayer mon mollet qui grattait, mais son souffle était désormais tout contre ma bouche et je n'osais plus bouger, de crainte de dissiper la magie de cet instant parfait.

Des ondes de désir se propageaient en rythme dans mon sang, ma peau était assaillie de frissons délicieux, et je sentais mon cœur résonner jusque dans mes tympans.

Avides, nous bûmes goulûment l'air que l'autre exhalait, nos bouches entrouvertes si proches qu'elles se nourrissaient de nos chaleurs respectives.

Soudain, il plaqua ses lèvres brûlantes contre les miennes, et nous échangeâmes un baiser profond et fiévreux, pendant ce qui me parut être de longues minutes.

Mon cœur pulsait tellement que la sensation dans ma poitrine en était devenue douloureuse.

L'émoi de mon envie de lui ?

Non. Tout bien considéré, mon cœur battait vraiment trop vite.

Il s'emballait même complètement.

Il ne s'agissait plus de battements, là, mais d'une tachycardie débridée.

Une gigantesque, phénoménale crise de tachycardie. Et ma jambe qui continuait à me démanger…

Ce rythme cardiaque vertigineux et détraqué me sembla dangereux, peut-être même fatal, je crus mourir, alors je me réveillai et tapai ma main à plat contre le portable posé sur ma table de nuit, dont la sonnerie hurlait près de ma tête.

Ce mouvement spontané et aveugle, qui aurait tout aussi bien pu rejeter l'appel, au contraire le décrocha.

Désorientée par un tournis immobile, je peinai quelques longues secondes à comprendre où je me trouvais. Tremblante, j'approchai l'appareil de mon oreille et bégayai un faible « allô ? » en essayant de reprendre le contrôle de ce cœur qui dansait le pogo entre mes poumons.

Il me fallut un instant pour réaliser qui était au bout du fil, et ce qu'il me voulait à cette heure tardive de la nuit.

— OK… surtout ne bouge pas, j'a… j'arrive !

Je raccrochai dans un état second, et repoussai l'énorme coussin que j'enserrai de mon bras gauche et de mes cuisses telle une pieuvre en chaleur. Je sentis vaguement l'humidité d'une trace de bave sur le tissu, mais préférai me dire que cela aussi faisait partie de mon rêve.

Paradoxalement, suite à cet échange inquiétant, mon cœur avait retrouvé un rythme normal.

En appui sur un coude dans l'obscurité, je

secouai la tête pour me défaire plus vite de ces lambeaux de sommeil qui restaient agrippés à ma conscience, tentant de l'entraîner au fond de la bienheureuse léthargie dans laquelle elle ondoyait quelques minutes plus tôt.

Quelle heure était-il ? Trois heures ? Quatre heures du matin ?

J'allumai l'écran de ma montre digitale. Vingt-deux heures cinquante.

Damn it, pour une fois que j'avais réussi à me coucher tôt… Il ne pouvait pas tenter de se suicider pendant les heures ouvrables, celui-là ?

Je me grattai le mollet, pestant contre mes fils qui avaient dû venir grignoter un truc croustillant sur mon lit en regardant un DVD sur le lecteur de mon vieil ordi, me laissant en souvenir un tapis de miettes qui, à défaut de m'avoir sauté aux yeux, m'avait bien tenu la jambe.

D'un bond endormi, je me propulsai hors du lit, et me réveillai complètement en m'écroulant de tout mon long sur mon sac de gym, qui traînait dans l'axe exact de ma progression chancelante.

Dans le noir, à quatre pattes sur les lattes froides du parquet, je jurai entre mes dents contre ce sac abandonné contenant un vieux tee-shirt en sueur et un short dans le même état, sans doute moisis depuis les semaines qu'ils y macéraient.

Je mis un furieux coup de pied dedans en me relevant, l'envoyant valdinguer sous mon sommier. Cela me soulagea momentanément.

Le portable dans ma main, que je n'avais pas lâché, émit un double bip. Un texto s'affichait, je le consultai aussitôt : *Dépêche-toi de venir, je me sens partir…*

Oh, eh, oh, déconne pas, là, j'arrive, je te dis !

Dans un accès de futilité, je soupesai un instant l'idée d'enfiler des vêtements, et chassai aussitôt ce projet de mon esprit. Et pourquoi pas me maquiller, aussi, pendant que j'y étais ? Ça et puis me brosser les cheveux, histoire d'être pimpante et bien lookée pour aller découvrir le cadavre exsangue de mon meilleur ami, me dis-je en chaussant mes tennis sur mes pieds nus.

Hirsute et le teint rosé d'acné, par la grâce de ces petits boutons qui faisaient de ma peau un éternel printemps vingt ans après la fin de mon adolescence, j'enfilai mon manteau par-dessus mon pyjama dépareillé, fonçai sur le tiroir de l'entrée y débusquer les clés de ma voiture, ouvris la porte de chez moi et dévalai les escaliers.

Presque aussitôt, je remontai ces mêmes escaliers en courant, glissai les clés dans la serrure de ma porte, l'ouvris brutalement, courus jusqu'à la porte de la chambre de mes loupiots, l'entrouvris, chuchotai fort « je sors, une urgence, mais je reviens vite, dormez ! dormez ! », fis semblant de ne pas remarquer qu'ils avaient brusquement planqué leur console sous leurs draps en s'efforçant de ronfler comme des octogénaires asthmatiques, et repartis à la rescousse de mon confident.

Enfin, quand je dis « mon confident », à la base c'était quand même le frère de ma copine Prunelle.

Dans le genre relation improbable, je l'avais rencontré lors d'une soirée organisée chez elle, du temps où elle habitait encore Paris. Son mec de l'époque, un cadre bancaire un peu coincé, venait d'obtenir une promotion et elle avait voulu la fêter. Ça devait être un moment cool, détendu, juste quelques amis réunis autour d'un verre de vin et d'un plateau de tapas. Le dîner ensuite serait à l'avenant : un truc vite fait mais convivial, Prunelle détestant cuisiner.

Au début, Léonard, je ne l'avais même pas remarqué. Un grand type blond mal rasé, qui riait fort en tirant sur sa clope, il y en avait trois autres comme lui ce soir-là. Mais, très vite, le gueuleton avait dégénéré : lui et moi nous sommes bouffé la gueule autour de la table. Je n'ai plus le souvenir de la raison pour laquelle nous en étions venus à nous empoigner au sujet de la recette exacte du gratin dauphinois, d'autant que, et ça, je m'en souviens parfaitement, ce soir-là, Prunelle avait servi des tacos. Mais, au détour d'une anecdote, Léonard avait martelé que le vrai gratin dauphinois se faisait sans fromage. Je lui avais assené que c'était une hérésie que de ne pas en ajouter. Aucun de nous deux n'avait voulu céder, et les tacos refroidissaient. Impossible de laisser une autre conversation s'installer tant que notre show était en pleine représentation, nous nous apostrophions deux tons au-dessus des autres. Je prétendais savoir bien cuisiner, il affirmait savoir quoi déguster. Nous étions si inébranlables dans nos convictions que, si nous avions poussé un peu plus notre bras de fer oral, c'était la fracture ouverte devant tout le monde.

Très vite, nous en étions arrivés à nous lancer de conviviaux « rassure-moi, tu manges bien ta banane en retirant la peau, au moins ? », « vu ton niveau de cuisine, prie pour ne jamais perdre ton ouvre-boîtes ! » et autres « le couscous, tu le revisites sans semoule, aussi ? ».

L'ambiance sereine de début de soirée avait disparu derrière un gros nuage noir électrique, produit par la dynamo de nos mots surchauffés. Nous nous comportions comme deux roquets agrippés au bout d'un os en caoutchouc, qui tiraient, tiraient, tiraient…

Et c'est Prunelle qui craqua. Elle nous ficha dehors. Tous les deux. Punis. Même pas privés de dessert. Privés de DÎNER.

Alors on s'est retrouvés sur le palier, nos manteaux à la main, comme deux idiots, lui avec son ventre qui gargouillait, moi avec mes joues roses, un peu grise d'avoir bu trois gorgées en étant à jeun. Soudain, son bide affamé a fait un bruit incongru, et on a éclaté de rire.

Mettant un terme aux hostilités, Léonard a proposé de m'inviter dans un restaurant où l'on servait un excellent gratin de réconciliation. À sa mode à lui.

Bien lui en prit. Je fus finalement obligée d'admettre que le vrai gratin dauphinois (la version ancestrale, je veux dire) ne comportait pas de fromage.

Nous avions fini la soirée en riant au moins autant que nous avions râlé en la débutant, installés jusqu'à sa fermeture dans ce petit bistro chaleureux et rétro.

Je le trouvais mignon, il me trouvait jolie, il avait de la tchatche, j'avais de la repartie, fatalement, entre deux bouchées de pommes de terre chaudes, nous aurions pu tomber amoureux. Mais je trouvais Léonard beaucoup trop jeune pour moi. Et il me trouvait beaucoup trop chiante pour lui.

Aucune importance, je vivais à l'époque une romance éperdue avec un beau pianiste. Et lui roucoulait auprès d'une petite stagiaire qu'il croisait chaque matin à la radio.

Le truc drôle, c'est que, bien plus tard, un soir où il était venu dîner à la maison, je lui ai fait un gratin dauphinois à ma façon (avec ail, crème fraîche, piment, champignons, oignons grillés, comté et mozzarella) et que, de ce jour, sa sœur me l'a certifié, il n'a plus jamais voulu en goûter aucun autre.

En attendant, quelques bouffes faites ensemble, assorties de régulières conversations téléphoniques nocturnes et d'une quantité, certes invraisemblable, de textos quotidiens, ne faisaient tout de même pas de moi la personne à appeler en cas d'urgence… Si ?

Non. Il avait de la famille, il avait une bande de copains, et il avait visiblement une Pia.

Mais bon, pouvait-il appeler ses potes pour leur annoncer qu'il mettait fin à ses jours parce que Pia l'avait plaqué ? De quoi aurait-il eu l'air, une fois son estomac lavé ?

Plantée sur le trottoir, scrutant alternativement la gauche et la droite de ma rue, je pressai ma mémoire de toutes mes forces pour en extraire le souvenir de l'endroit où j'avais garé ma voiture. Peine perdue, je fonçai donc à droite. Arrivée au feu rouge, je me rappelai la place trouvée in extremis dans la direction opposée. Je courus sans reprendre mon souffle, rétréci qu'il était par les pics de violente nostalgie de ce quart d'heure précédent qui me voyait, offerte et lascive, faire l'amour à mon édredon.

Encore un bip venant de mon portable, qui m'aiguillonna comme si un jockey invisible m'avait flanqué un coup de cravache sur les hanches. Parvenue à ma vieille guimbarde, j'ouvris la portière, m'assis derrière le volant, dégainai mon téléphone, et lus : *Bientôt la fin… Je vois un long couloir blanc… Dis à Alfred que je lui lègue ma collection de caleçons fétiches… Et dis à Prunelle que je lui pardonne de m'avoir vomi sur la tête quand j'étais petit… Et mon chat, tu le nourriras, dis ?… eyhkakphggggg*

Mais de quoi parlait-il ? Il n'avait pas de chat ! Et c'était qui, Alfred ? Alfred... La mascotte de son émission ? Un poulet ?! Il délirait, ou quoi ? Oui, certainement, la fin de son message était incompréhensible, incohérente... Oh mon Dieu... il devait être en train de perdre connaissance...

Mais quel con ! Quel con ! J'avais signé pour deux ados, moi, pas pour trois ! Il ne pouvait pas appeler sa mère à lui, plutôt ? Ou bien, je ne sais pas, lancer un appel au secours sur les ondes de sa radio ? Il animait une émission quotidienne, bordel ! À quoi servait d'être apprécié de tellement de gens s'il n'y en avait même pas un pour vous répondre ?

En panique, j'attachai ma ceinture, mis la clé dans le contact, tournai, et il ne se passa rien.

Je tournai à nouveau, le moteur émit un faible « pof-pof-pooof », puis ce fut tout.

S'il te plaît, s'il te plaît, s'il te plaît, ne me fais pas ça maintenant...

J'inspirai profondément, j'expirai intensément. Du calme, femme.

Bon, starter ? Démarreur ? Les bougies, peut-être ? La batterie qui s'était déchargée ?

Et, par conséquent, avais-je encore le temps de sprinter jusqu'au métro ?

La troisième tentative ne fut malheureusement pas la bonne.

À bout de nerfs, je lâchai un cri en mettant une grande claque sur le volant.

AAAH MAIS BOUGE, TAS DE FERRAILLE MOISI DE POURRITURE ! TU VOIS BIEN QUE C'EST PAS LE MOMENT DE ME RENDRE CINGLÉE !

Mon tacot, c'était un vrai mec. Obligée d'être une garce avec lui pour obtenir ce que je voulais. Si je le cajolais, grossière erreur, c'était lui qui prenait le dessus. J'aurais dû le savoir, depuis le temps.

Cette fessée impromptue lui donna enfin envie de démarrer, me permettant ainsi de foncer, entre deux cahots, jusqu'à l'appartement de Léonard.

Le mourant habitait un trois pièces près du boulevard Saint-Michel.

Je cherchai en vain une place où me garer, me demandant si je ne devais pas plutôt abandonner mon auto en double file et bondir dehors, s'agissant d'une question de vie ou de vide. Tout le long du chemin, des pensées morbides avaient tourné en boucle dans ma tête. Je m'étais astreinte à les chasser de toutes mes forces mais, là, je faiblissais.

En faisant d'une main un créneau sur une place de livraison, de l'autre je manipulais mon téléphone. Qu'avait donc bien pu lui faire cette Pia pour qu'il veuille en finir avec la vie ?

Lui, le déconneur toujours débordant d'enthousiasme, aurait-il caché une faille profonde de fragilité que je ne lui avais pas soupçonnée ? Que pouvait-il donc vivre en ce moment pour se sentir à ce point vulnérable ? Professionnellement, il me semblait que tout allait bien pour lui. Les audiences de son émission étaient réjouissantes, à tel point qu'on lui proposait même de prendre les rênes d'une nouvelle émission en plus de son rendez-vous matinal quotidien.

Côté lit, il enchaînait les conquêtes, et me les racontait, fanfaron et détaché, toujours en rigolant. Mais peut-être qu'il ne me racontait pas tout, peut-être qu'il était tombé sur une fille qui lui avait donné envie de s'ancrer en elle un moment. Tant mieux, après tout. Il n'avait jamais vraiment vécu en couple, n'avait pas de gosses, l'approche de la trentaine lui donnait certainement envie de changer de cap. D'où son désespoir si cette fille le quittait. Mais enfin, à ce point…

Je claquai la portière de ma voiture et me précipitai à la grille de son immeuble.

Dont je n'avais pas le code.

Affolée, je tapai plusieurs combinaisons au hasard, avant de taper le digicode tout court d'une main désespérée. La porte s'ouvrit au moment où je relevais la tête et m'apprêtais à crier aux fenêtres mon urgence à pénétrer dans le bâtiment. Une femme la franchit en me toisant d'un regard étonné, du genre « que veut cette petite excentrique en pyjama ? Est-elle somnambule, exhibitionniste, ou juste très mal habillée ? ». Je la bousculai en forçant le passage avant que la porte ne se referme derrière elle, et courus jusqu'au hall recouvert d'une immense étendue de moquette lie-de-vin. Devant moi se tenait un large colimaçon menant jusqu'au Graal : l'appartement du sixième étage. Avec ascenseur.

En panne, l'ascenseur.

N'écoutant que ma panique, j'entrepris sauvagement la montée de l'escalier, gravissant les marches à la vitesse d'un guépard implacable jusqu'au premier palier, d'une pouliche fringante jusqu'au deuxième, d'un lapin se hâtant jusqu'au troisième, d'un teckel toussant sa bronchite jusqu'au quatrième, d'une tortue crachant son emphysème jusqu'au cinquième, et m'écroulai au sixième, tel un escargot en bout de course râlant dans un filet de voix (et de bave) : « Allez-y, les gars, continuez sans moi. »

Après m'être astreinte, en quelques douloureuses inspirations, à maintenir en place les poumons qui tentaient de remonter dans ma gorge, je m'approchai de l'appartement de Léonard.

Sa porte était entrouverte.

Je m'avançai, pâle et tremblante, et la poussai doucement.

Les lieux étaient plongés dans le noir. Mon esprit turbinait à toute vitesse : comment allais-je découvrir mon ami ? Nu, dans sa baignoire ? Bleu, au pied de son canapé ? Violet, accroché au lustre ? Allais-je devoir tenter de le réanimer ? Le cas échéant, quels seraient les gestes appropriés ? Deux baffes suffiraient-elles ?

J'en étais là de mes pensées terrifiées quand une lumière s'alluma et m'arracha un cri.

Émergeant des ténèbres, je vis Léonard, tout sourires, s'avancer vers moi les bras tendus.

Choquée, je reculai d'un pas, tellement préparée au pire que je crus qu'il s'agissait d'un spectre. Avant de réaliser que d'autres visages venaient eux aussi de sortir de l'ombre. Des visages connus, pour la plupart. Des visages dont la bouche s'élargissait dans un même élan, et qui prononcèrent dans une joyeuse cacophonie :

« Surprise ! Hahahaha... »

Choquée, les bras ballants et le pyjama relâché sous mon manteau enfilé à la hâte, je me tenais face à eux aussi décontenancée qu'un homme des cavernes face à un aspirateur.

Quelqu'un avait lancé la musique. Les notes d'un tonitruant « Happy birthday » se mirent à résonner dans la pièce, et moi je restais là, penaude et en larmes, car l'extrême tension qui m'avait portée jusqu'ici venait brusquement de s'effondrer.

Un premier cotillon vint stupidement s'égarer dans mes cheveux. Un deuxième me cogna la pommette. D'une gifle dans l'air, je repoussai vivement le troisième, qui avait failli m'atteindre à l'œil. Léonard s'approcha et me serra contre lui.

— Oh, mon canard, mais pourquoi tu pleures ?

Reniflement énervé.

— Parce que je vais avoir mes règles, imbécile !

Il ricana, passa sa paume sur mes joues humides, avant de me tapoter l'épaule avec indulgence.

— Allez, allez… Tu as eu peur pour moi, c'est vrai ?

— Non… Laisse-moi, laisse-moi, sale crétin…

Je tentai de le repousser, mais il s'amusait à me maintenir contre lui, tandis que des mains surgies de partout venaient affectueusement me frotter le dos.

— Mais, mais… tu m'aimes un peu, alors ?

— Va crever.

— Dis donc, toi, faudrait savoir ce que tu veux !

Profitant d'un mouvement de foule, je réussis à lui fausser compagnie et à m'esquiver jusqu'au canapé, où il me rejoignit aussitôt. À mon grand étonnement, j'avais dû en chemin me faire embrasser par des gens qu'il n'était pas supposé connaître, d'autant qu'en temps normal je ne les fréquentais même pas moi-même.

Il y avait là les membres d'une chorale dont je séchais les séances depuis quelques semaines, trois comédiens d'une troupe de théâtre que j'avais perdus de vue depuis des années, ma voisine Leila venue avec sa mère (qui était gentille, mais bon, Leila c'était juste une fille à qui je disais bonjour quand je la croisais devant ma boîte aux lettres, quoi), ma cousine Séphora que j'adorais même si elle était un peu folle, une poignée de copains de lycée que je n'avais pas revus depuis l'époque où on séchait les cours ensemble… Aucun rapport avec les gens que j'aurais invités s'il m'était venu l'idée de célébrer l'usure de mon épiderme.

Visiblement, Léonard avait bénéficié de l'aide d'une traîtresse de mon entourage pour mettre au point son plan machiavélique. Je la localisai près de la table dressée en buffet, hésitant entre un bâtonnet de carotte et une fleurette de chou-fleur.

Ma sacrée Suzie.

La musique était devenue plus douce. Mike Brant, qui avait fini de supplier « Laisse-moi t'aimer », venait de laisser la place à Joe Dassin fredonnant « Et si tu n'existais pas ». Pas du tout le style de musique qu'écoutait notre hôte. J'imagine qu'il avait dû laisser la programmation de sa soirée à un pote aux goûts vieillots.

Léonard se laissa tomber sur le siège à mes côtés. Je voulus reculer, mais j'étais coincée par le gros derrière d'une femme que je ne reconnus pas (la marchande de journaux qui me vendait mon programme télé ? la conductrice du bus que je prenais pour ma visite annuelle chez le gynéco ? ma dame de cantine en maternelle peut-être ?).

— Allez, dis que t'es contente…

— Je ne suis pas contente, je suis furieuse, j'ai eu super peur ! Quelle angoisse si une nouvelle voix avait dû animer ton émission, alors que je m'étais à peine habituée à la tienne !

— Ho ? Je croyais que tu ne m'écoutais jamais à la radio ?

— Oui, ben… c'est pas une raison pour te donner la mort !

Il me sourit, bêtement.

— Et arrête de me sourire bêtement, s'il te plaît.

— Alors toi… plus tu vieillis, plus tu t'aigris, ricana-t-il.

— Du coup, tu as voulu me punir, c'est ça ?

Léonard glissa la main dans la poche arrière de son jean, et en sortit une enveloppe épaisse qu'il me tendit sans me quitter du regard.

— Exactement. Tiens, vilaine, voilà tout ce que tu mérites.

— Qu'est-ce que c'est ? demandai-je, immédiatement radoucie.

— Ouvre, tu verras bien…

— Évidemment que je vais l'ouvrir. C'était juste une question pour la forme. D'ailleurs je t'interdis de me répondre !

Ma gorge tressaillit, je ne pus refréner un gloussement. Immédiatement, je m'en voulus de m'être trop vite calmée. J'étais encore énervée, là. Quelque part dans mon ventre, tout serré par l'angoisse qui… Oh, des dizaines de cartes multicolores !

J'interrogeai Léonard du regard, au comble de la stupéfaction. Il se marrait comme un gosse, heureux de sa bonne blague. L'espace d'une seconde, je me dis qu'il était quand même beau, avec ses cheveux blonds trop longs qui lui tombaient dans les yeux, son regard bleu givré perpétuellement moqueur, son look d'adolescent attardé, tee-shirt bicolore à manches longues, jean slim et grosses godasses improbables piquées au chanteur de Radiohead.

Mais je balayai cette pensée parasite qui n'avait rien à faire dans notre amitié, et me concentrai sur les petites enveloppes que j'entrepris d'ouvrir une à une.

Aznavour avait fini de susurrer « Mon émouvant amour », Il était une fois venait d'entamer « J'ai encore rêvé d'elle », et j'avoue que j'avais l'impression de rêver moi aussi.

Les petites enveloppes contenaient toutes des cartes de visite, des cartes de vœux, de petits mots, plus touchants les uns que les autres, accompagnant systématiquement une somme d'argent qui ne correspondait à aucune règle. L'un des convives, très à l'aise financièrement, s'était révélé mesquin, un autre, que je savais dans une situation difficile, était apparu émouvant de générosité, un troisième, que je connaissais à peine, m'avait gâtée comme si j'avais été sa sœur…

— Je ne comprends pas… Pourquoi m'offre-t-on de l'argent ?

Léonard se rengorgea, fier de lui.

— C'était la consigne. Ce fric est exclusivement destiné à t'offrir des vacances, du repos, de l'évasion, un moment de rêve… Imagine un endroit sublime, un spa, une croisière luxueuse… Où tu pourrais même proposer à un ami de te rejoindre, par exemple…

Je me levai d'un bond tandis que Léonard, qui pour une obscure raison s'était approché de mon cou, bascula en avant à l'endroit où j'étais assise une seconde plus tôt, s'écrasant le nez dans un coussin.

— Mais ça va, ho ! Les fins de mois sont peut-être un peu difficiles en ce moment, mais je peux très bien me débrouiller toute seule ! m'exclamai-je vexée, en croisant les bras.

— Ah, quelle emmerdeuse tu fais ! Arrête un peu ! s'offusqua Léonard. Je voulais t'offrir ton cadeau d'anniversaire il y a un mois, j'hésitais entre une paire de chaussures, un parfum, ou une connerie de ce genre, alors j'ai posé la question à Suzie : de quoi Brune a-t-elle besoin ? Elle m'a confié que la seule chose qui te manquait, c'était de faire un break. Je me suis dit « bingo ». J'aurais dû y penser, d'autant que je fais souvent gagner des voyages à mes auditeurs. Mais, comme tu loupes sans arrêt mon émission, impossible pour toi de participer…

Je mentis d'une voix bousculée, tandis que mon langage corporel exprimait exactement le contraire de ce dont mes mots l'assuraient.

— Oui, ben moi à cette heure-là j'écoute les infos, excuse-moi de m'intéresser à ce qui se passe dans le monde…

— J'ai alors pensé te l'offrir moi-même…

Nos regards se croisèrent. Nous les détournâmes aussitôt dans un bel élan synchrone. (Enfin, il m'a semblé qu'il détournait le sien aussi.)

— … mais je sais combien tu es susceptible avec ces histoires d'argent, alors…

— Eh ben ouais. Je n'aime pas me sentir redevable d'un truc que je ne peux pas rendre.

— Je sais, ma Brune, je te connais par cœur. C'est pour ça que j'ai mis tout le monde à contribution.

Je souris.

Une splendide blonde d'un mètre soixante-quinze passa près de moi. Beaucoup trop maquillée. Des talons aiguilles à tricoter. Un cul trop gros, une taille trop fine, une robe trop courte. Une bombe. Elle alla rejoindre sa copine châtain, elle aussi aux courbes si parfaitement dessinées qu'elle devait certainement travailler comme modèle pour Photoshop.

Je n'avais pas la moindre idée de qui étaient ces filles. Pourtant, en les suivant du regard, mon sourire s'éteignit doucement et je ne pus retenir un soupir.

— Même Pia ?

— Pia ? fit Léonard en se grattant la tête. Oh, ah oui, Pia… Bah non… Tu sais, les Pia, les Zoé, les Tabatha, elles sont marrantes une soirée ou deux, mais on parle de choses sérieuses, là. De gens importants. De toi.

Les deux beautés furent rejointes par leur mec

respectif, à savoir mes amis comédiens, qui s'étaient éloignés un instant leur chercher une coupe de champagne.

Ma question était stupide. De quoi est-ce que je me mêlais ? Pourtant, je me l'avouais à peine, sa réponse me fit plaisir. Fronçant le nez, je lui mis un faux coup de poing contre l'épaule.

— C'est… adorable, voilà. Tout ce que tu as fait ce soir pour moi est… adorable. Et même plus encore. Je ne sais pas quoi dire. Je vais donc me garder de parler. À la place, j'ai un salon entier d'invités à aller embrasser pour les remercier.

— Tu pourrais commencer… par m'embrasser moi ?

Je n'eus pas le temps de répondre à sa vanne, car des bruits attirèrent notre attention.

Des cris d'excitation, un remue-ménage provenant de l'entrée de l'appartement. Je crus même déceler quelques applaudissements.

Soudain, traversant d'un pas conquérant le groupe d'invités qui leur bloquaient le passage, zigzaguant entre les ballons multicolores qui rebondissaient au sol, repoussant ma cousine Séphora qui, en les apercevant, avait retiré son soutien-gorge et commençait à le faire tourbillonner au-dessus de sa tête, apparurent trois pompiers.

Séphora, plus imbibée de rhum qu'un baba, cria : « À poil, les Chippendales ! », tandis que l'un d'eux, s'avançant vers nous, demanda : « C'est bien ici, la tentative de suicide ? »

Léonard se tourna vers moi :

— Quoi, t'as appelé les pompiers ?!

Je haussai les épaules :

— Ben évidemment ! T'aurais préféré te faire réanimer par des strip-teaseurs ?

3

Mercredi
(cette fois-ci c'est le bon donc)

You put the boom-boom into my heart.
Wham ! – « Wake Me Up Before You Go-Go »

6 heures

Je ne suis pas restée très longtemps à ma fête d'anniversaire.

D'abord, parce que mon anniversaire, c'était il y a un mois.

Ensuite parce que je me sentais mal à l'aise de déambuler en grenouillère autre part que dans mes rêves. (Quoique, en pyjama dans une foule, c'est plutôt un cauchemar, non ?)

Enfin, parce que Léonard se levait tôt le lendemain, et qu'après s'être confondu en excuses auprès des pompiers et avoir promis de leur envoyer des places de concert en guise de dédommagement, il a gentiment invité tout le monde à finir la soirée au café d'en bas, dans un troquet pour noctambules qui ne ferme jamais, offrant une tournée générale tandis qu'il s'éclipsait.

Résultat, à peine étais-je rentrée chez moi que je me suis effondrée.

L'avantage de cette soirée ? J'ai pu plonger sous mes draps sans avoir à me déshabiller ni à me démaquiller, puisque je ne l'étais pas.

L'inconvénient de cette soirée ? J'étais si excitée que je n'ai pas réussi à fermer l'œil de la nuit.

7 h 20

Nestor venait de se réveiller. Émergeant de son lit, la trace de l'oreiller encore imprimée sur sa figure, je le trouvai si chou qu'avant qu'il n'atteigne la salle de bains, je m'approchai de lui, le pris dans mes bras et l'embrassai en faisant exprès de gober ses bonnes joues de bébé. Il me lança un regard flegmatique et constata froidement :

— Maman, quand tu m'embrasses, tu me fais penser à cette actrice, là, comment c'est son nom, déjà ?… Ah oui : Alien.

Pour punir ce petit insolent, je cessai les bisous et le mordillai tendrement. Il se dégagea de mon étreinte avec les gestes désordonnés du papillon empêtré dans un filet.

— J'ai compris pourquoi tu aimes nous mordiller les joues, à Noé et moi. C'est parce que, inconsciemment, tu voudrais nous manger pour nous remettre dans ton ventre.

— Pourquoi « inconsciemment » ?

Il me fixa une seconde, incrédule, tandis que j'essayais de me retenir de rigoler.

— Maman, tu me fais peur, des fois.

7 h 35

— Noé, c'est pas vrai, ton sac de cours n'est pas prêt ?!

— Si, si, j'ai juste deux cahiers à prendre et c'est bon…

Postée près de mon fils, je vis qu'il glissait un petit sachet rempli de pièces de un et de deux centimes dans son Eastpack.

— D'où tu sors ça ? C'est pour quoi faire ?

— C'est pour après les cours, t'inquiète. Avec ma bande, on a décidé de partir en expédition punitive contre une boulangère du quartier, qui a pourri mon pote Icare parce qu'il mettait trop de temps à compter ses pièces. Il n'a pas beaucoup d'argent, il voulait juste s'acheter un croissant. Ça l'a fait pleurer qu'elle lui crie dessus devant tout le monde.

— Qu'est-ce que vous allez faire ?

— Ben rien, on va juste s'acheter des bonbons, mais en payant avec nos centimes.

— Hahaha…

— Lol !

— Non mais arrête de dire « lol », enfin ! Ça ne se prononce pas ! Déjà que ça ne devrait même pas s'écrire…

— Comment tu fais pour rigoler, toi, quand tu envoies un SMS ?

— Ben moi j'écris « hahaha ».

Noé me considéra un instant, affligé, et lâcha un « lol » en quittant la pièce, tandis que je lui hurlais d'arrêter de le faire.

8 h 15

La porte d'entrée venait de claquer. Je m'effondrai sur le canapé.

Mes fils partis au collège, il ne me restait plus qu'à aller me doucher, m'habiller, et à foncer… à all… à…

13 heures

… Boum…

Quoi ? QUOI ? OÙ JE SUIS ? Quelle heure il est ?

En redressant la tête du sol où je venais de me vautrer, je me hissai lamentablement jusqu'au canapé sur lequel je m'étais étendue juste cinq minutes, à la base, et jetai un regard flou à ma montre. Qui m'indiqua que j'aurais dû me rendre au restaurant de ma grand-mère depuis déjà plus de deux heures.

Mes yeux étaient bouffis, gonflés comme après un combat de boxe avec l'accoudoir, mon cou tordu à cause de la position absurde dans laquelle je m'étais assoupie, et ma langue pâteuse ralentissait les mots que je débitais à un appartement vide.

Impression émouvante d'avoir cent cinquante ans.

En même temps, ce n'était pas grave. Tout le monde étant parti il n'y avait personne pour me voir. Pas même moi, car il me fallut fouiller un bon moment à travers mes cheveux pour retrouver mon visage.

Pas de panique. Tout irait bien. La journée, quoique tardivement entamée, allait bien commencer.

À condition simplement que j'évite de me faire du thé.

13 h 15

Passage par la salle de bains, dans laquelle je me déshabillai fébrilement.

Puis j'entrai sous la douche, tel Superman pénétrant une cabine téléphonique, histoire de procéder à la transformation destinée à changer la pâte de Slime fondue que j'étais en une fringante et dynamique jeune femme prête à conquérir le monde.

Quelques minutes suffirent.

Le point positif de ce jet d'eau glacé ? J'étais parfaitement réveillée, à présent.

Le point négatif ? Vu le niveau sonore de l'expérience, le bébé qui faisait la sieste à l'étage en dessous aussi.

13 h 30

Grand-mère Naraé, que j'ai appelée pour dire que j'arriverais en retard, m'a envoyée promener : Suzie l'avait mise au courant de la fête surprise de Léonard, alors elle ne m'attendait pas aujourd'hui. C'est le fils de Yun-Shik, son cuisinier, qui est venu me remplacer. Il n'aurait dû arriver qu'à partir de demain, le restaurant fermant exceptionnellement quatre jours d'affilée pour refaire sa décoration. Je m'en souvenais, n'est-ce pas ? (Ah, oui…) C'était ce garçon qui devait à la base rafraîchir les murs d'un coup de peinture.

Bon, bon, bon.

Puisqu'elle insistait, alors…

15 h 15

Coup de fil qui frôlait le merveilleux, car le merveilleux existe, je venais bien d'en avoir la preuve : une amie comédienne, tombée enceinte il y a cinq mois de cela, vivait une grossesse difficile et devait rester allongée. Elle me proposait de la remplacer au sein de la compagnie où elle officiait, et de donner à sa place une dizaine de cours de théâtre par semaine.

Je n'aurais pas dit plus de « oui ! oui ! oui ! » si Ryan Gosling avait proposé de m'épouser.

17 heures

Il aura suffi de quelques clics pour faire de moi une héroïne, en faisant naître un bonheur indescriptible à la maison. Billets de train pour Londres : check. Billets pour rendre visite à Harry Potter : double check. Cerise sur le gâteau, grâce à une promo de dernière minute, j'ai également pu réserver sur le net dans le même hôtel que la copine de mon Nestor.

Jubilation dans le salon. Danse du cheval impromptue façon Gangnam-Style d'allégresse.

Pour un peu, mes gosses m'auraient portée en triomphe.

Ne soyons pas modeste, j'avoue que je le méritais.

21 h 05

J'ai terminé ma vaisselle pile au moment où je percutais que mon portable finissait de sonner. Et évidemment, comme je n'entendais rien avec le bruit de l'eau qui coulait, aucun de mes égoïstes de fils ne m'a alertée, plongés qu'ils étaient dans un épisode de *Grey's Anatomy*.

Agacée, je m'essuyai les mains, saisis mon portable, et allai m'asseoir avec eux sur le canapé. À la télé, le Dr Hunt et le Dr Yang venaient à nouveau de se rejoindre dans le sous-sol de la salle de ventilation… Ce qu'il était beau, n'empêche, Kevin McKidd… Un coup d'œil distrait sur l'écran de mon portable m'indiqua que j'avais loupé un appel de Léonard. Seulement Owen Hunt venait de se faire arracher sa chemise par une Christina déchaînée, et il ne restait que quelques secondes pour pouvoir admirer son torse puissant avant la prochaine scène. Bon, je rappellerais Léonard plus tard. Sauf qu'il ne m'en laissa pas le temps, car un texto fit biper mon téléphone.

— Oh non, m'man, râla Noé, commence pas avec tes SMS, on regarde un truc, là !

— OK, OK, je mets mon portable en mode « silencieux »...

Le Dr April Kepner, toujours atteinte d'une frénésie à la lisière de l'hystérie dès qu'elle se mettait à parler, tentait de se faire respecter par le Dr Miranda Bailey en empruntant une grosse voix factice. À sa propre stupéfaction, cela fonctionna. Éclats de rires dans notre salon.

Ne pouvant résister, je lus le message de Léonard et y répondis dans la foulée.

Léonard : *Tu étais très en beauté, hier soir, dans ton petit déshabillé sexy en pilou écossais...*

Moi : *Oui, hein ? Les robes du soir, c'est tellement surfait... Et encore, je n'ai pas mis mes charentaises. Mais sortir en total look* « Queen of the night » *aurait été une faute de goût. Ma paire de Converse fut l'idée de génie pour casser l'austérité un poil trop classique de ce pyjama.*

Léonard : *Dépareillé, ce pyjama.*

Moi : *C'est pareil. Quand j'veux j'le remplace, Karl Lagerfeld.*

Léonard : *Tiens, d'ailleurs, en parlant de ton envie de partir en vadrouille…*

Moi : *J'ai parlé de mon envie de partir en vadrouille, moi ?*

Léonard : *Maintenant, oui.*

Moi : *Tu es machiavélique.*

Léonard : *Je sais. Et, du coup, je me demandais si tu avais une idée d'endroits où aller… parce que moi, tu vois… j'ai quelques idées… si tu veux qu'on en parle…*

Moi : *Pourquoi tu mets tous ces points de suspension ? On t'a vendu par erreur une caisse de dix mille points de suspension, et tu tentes de les écouler ? Mais pourquoi tous sur le même message ?*

Léonard : *M'enfin !!! Parce que ça fait mystérieux !!! Ahlala !!! Tu préfères que j'écoule mon stock de points d'exclamation, peut-être ?!!!!!!*

Je m'esclaffai et Nestor me mit une pichenette sur le bras parce que je le déconcentrais. Alors, comme de toutes les façons j'avais déjà raté la quasi-totalité de l'épisode, j'allai me réfugier sur mon lit pour y continuer ma conversation digitale tranquillement.

Moi : *Fais gaffe, je viens de détecter une trace de point d'interrogation dans ton lot de points de suspension. C'est scandaleux ! Ça appelle une réponse !*

Léonard : *Qui est… ?*

Moi : *Que oui, je viens de réserver, je pars avec mes fils à Londres ce week-end…*

Léonard : *Oh… avec tes fils ?… c'est bien… c'est bien… l'important, c'est que ça te fasse plaisir…*

Moi : *Ça me fait immensément plaisir. D'ailleurs il va falloir que je trouve un moyen de te remercier !*

Léonard : *Écoute, ça tombe bien… pour ça aussi, j'ai quelques idées…*

Moi : *Perso j'en ai une qui devrait beaucoup te plaire.*

Léonard : *Raconte !*

Moi : *Et te gâcher la surprise ? Certainement pas !*

Léonard : *Dis-moi juste si le dress code sera aussi de porter un pyjama…*

Moi : *Pas nécessairement.*

Léonard : *Donc je pourrai venir tout nu ?*

Moi : *Léonard, grandis un peu…*

Léonard : *C'est précisément ce qui m'arrive quand je pense à toi sans pyjama…*

Moi : *Tu sais ce que j'aime le plus chez toi ? Ton élégance… (Non, je déconne.) Allez, bonne nuit Léo, fais de beaux rêves !*

Léonard : *T'inquiète pas pour moi, va, je ne fais que ça en ce moment…*

22 h 15

— Allô, ma Brunette ?

— Oui, ma Prunasse…

— Alors, ton frigo ?

— Le médecin des frigos l'ausculte lundi. Soit il lui sauve la vie, soit il le réincarne en un neuf.

— Tu vois… et ton recommandé, tu es allée le chercher ? C'était grave ?

— Promets de ne pas te moquer.

— Je ne mens jamais, dit Prunelle en s'esclaffant.

— C'était juste la banque qui m'envoyait mon nouveau chéquier.

— Hahaha…

— Bon, et toi ? Des nouvelles de ton cinglé ?

— Devine… il est revenu !

— Non…

— Si. Et avec un magnifique retournement de situation en prime ! Je te fais passer ?

— Ah oui ! Ah oui !

— *Enjoy…*

De : Simon Lambert
À : Prunelle Oldfield

Chère Prunelle,

Je vous écris une dernière fois. Mais c'est pour vous demander pardon.

La nuit porte conseil. Dessaouler aide à ça, aussi.

À un moment, il faut bien se rendre à l'évidence : elle est partie, et elle ne reviendra plus. Crier, pleurer, tempêter ne sert à rien. Supplier non plus. Accuser encore moins.

En relisant nos échanges, je réalise que vous avez dû me prendre pour un fou.

Quelle image lamentable j'ai dû vous donner… Je ne me reconnais pas. La douleur m'a vraisemblablement fait perdre tout sens de la mesure…
Voilà, je voulais juste que vous sachiez que ce n'était pas « moi ».
Je veux dire, pas « moi » dans mon état normal. Le type jovial, diplomate et toujours courtois. Le gars qui jamais ne s'adresserait à une femme sur un ton aussi désolant.
Ma souffrance n'était pas une excuse pour vous faire porter le poids de ma rupture, je le sais. Bien sûr que vous n'y êtes pour rien. Enfin, pour pas grand-chose…
Cette réaction puérile et vindicative était sans doute une façon inconsciente de me dédouaner de ma responsabilité. La réalité, c'est que je porte sur mes seules épaules l'échec de mon mariage…
Je me suis conduit comme un bourrin.
Pardon, à nouveau…
Simon

De : Simon Lambert
À : Prunelle Oldfield

J'ajoute que vous êtes sans doute une femme charmante, si on apprend à vous connaître.
Enfin, j'imagine. Il y a toujours un peu de bon en chacun de nous, vous ne croyez pas ?

De : Simon Lambert
À : Prunelle Oldfield

P.-S. : Je m'excuse également de vous avoir agressée au sujet de votre activité professionnelle. Elle

est finalement tout à fait honorable. Vous aidez les gens. Vous les écoutez. Vous les accouchez. Vous les rassurez…
Vous savez ce que je fais, moi, pour vivre ?

De : Simon Lambert
À : Prunelle Oldfield
Hein ? Vous savez ?

De : Simon Lambert
À : Prunelle Oldfield
Je vis de mon écriture.
Incroyable, n'est-ce pas ?
Moi non plus je n'en reviens pas d'être si peu délicat dans ma vie privée, quand professionnellement tant de lecteurs me portent aux nues.
Enfin… là je me donne quand même beaucoup d'importance. On ne peut pas dire que je sois célèbre ou ce genre de choses. Mais enfin, mes écrits sont lus et appréciés, et j'estime que c'est déjà pas si mal.

De : Simon Lambert
À : Prunelle Oldfield
Et vous, vous aimez lire ?

— Effectivement, ça, pour s'excuser, il s'excuse.

— Incroyable, non ?

Je regardai mes ongles. Mon vernis s'écaillait, il était temps que je le change.

— Oui. Et la tentative de copinage lourde en prime, c'est le cadeau Bonux ?

— Tu connais un seul mec qui ne soit pas lourd, toi ?

— Si j'en connaissais un, je serais avec…

— Voilà.

Machinalement, je posai les doigts sur ma souris et me mis à cliquer sur mon écran, surfant au hasard, tout en continuant à parler.

— Et donc, qu'est-ce que tu vas faire ?

— Ne pas lui répondre.

— Et s'il insiste ?

— Lui répondre à ma manière.

— Pourvu pour lui qu'il n'insiste pas, alors.

— Je le lui souhaite.

— Tu es redoutable.

— Tu en doutais ?

4

Jeudi

And how she was before the years flew by,
And how she was when she was beautiful.
Kate Bush – « Babooshka »

6 heures

Mode d'emploi pour bien commencer la journée :

Se rendre sur la pointe des pieds dans la chambre de ses jumeaux, qui suent l'homme mal lavé le jour, mais qui la nuit sentent aussi bon que des croissants chauds et moelleux. Surtout là, au creux de leur cou tiède.

Se coucher auprès de Noé, et caresser sa masse de cheveux en pétard, qu'il mettra un soin infini à discipliner au réveil. En profiter pour les décoiffer, pendant qu'il dort encore.

Le sentir se retourner, et se blottir contre notre poitrine, comme un chaton dans son panier pelotonné contre la fourrure rassurante de sa mère.

Se souvenir du temps où on les allaitait, où on continuait à les nourrir avec son corps d'une façon aussi nécessaire que lorsqu'ils grandissaient dans notre ventre.

Lui caresser la peau du crâne doucement, par petits gratouillis du cuir chevelu du bout de la pulpe de nos doigts.

Avoir envie de grattouiller le crâne de Nestor, qui se trouve dans le lit superposé du haut, mais qui déteste que l'on touche à son épaisse crinière d'ébène.

Se dire qu'il ne perd rien pour attendre, et qu'on lui pétrira tendrement le dos ce soir, lorsqu'il s'allongera sur le canapé, devant la télé.

Dans la pénombre de leur chambre tapissée de posters de mangas et de séries télé, se faire la réflexion qu'ils ne sont plus des bébés, qu'ils finissent d'être des enfants, qu'ils commencent à être des ados, qu'ils seront bientôt des adultes.

Réfuter cette idée qui nous tord les boyaux. Savoir, de façon charnelle, que ces deux échantillons d'hommes seront toujours des bébés. Nos bébés.

Se sentir louve auprès d'eux.

Se prendre un coup de pied dans les mollets de Noé qui se retourne entre ses draps, et quitter leur chambre en pensant « Kaï, kaï, kaï… ».

19 h 30

Mode d'emploi pour bien terminer la journée :

Se rendre d'un pas alerte chez sa grand-mère

Naraé, dont la blouse est imprégnée d'effluves de bulgogi le jour, mais qui le soir sent si bon l'eau de Cologne. Surtout là, au creux de son foulard.

Trouver dans son petit studio, situé au-dessus de son restaurant fermé, un havre de paix aussi grand que son cœur immense de mamie sans enfant. Apprécier d'aller s'y réfugier sous n'importe quel prétexte. Même sans aucun prétexte, d'ailleurs.

Lui avoir acheté un pot d'hibiscus, qu'elle adore, car ils ont la réputation en Corée de résister longtemps. Clin d'œil subliminal à son inaltérable énergie. Se réchauffer à son enthousiasme, lorsqu'elle découvre la plante que contiennent nos mains tendues. Lui apporter aussi des cookies, dont elle raffole. En particulier ceux avec des éclats de noisettes et des zestes de yuzu confits, que l'on invente rien que pour elle. La preuve, ils sont encore tièdes.

Pelotonnée sur son canapé, la regarder faire couler avec délicatesse le thé d'orge grillé dans deux tasses rondes en céladon, tout en lui racontant notre journée. La course pour trouver un sac de voyage, ni trop grand, ni trop petit, ni trop lourd, ni trop moche. La course pour faire une liste de choses à ne pas oublier. La course pour nous rendre à la bibliothèque, emprunter un guide de la capitale anglaise, et le temps délicieusement consacré à refaire le monde avec Suzie, derrière son guichet.

Écouter Naraé râler que les jeunes sont toujours pressés, à courir partout.

Observer son paravent de soie rehaussé de branches de prunier en fleur peintes, son tapis couleur de jade, ses petits coussins aux arabesques dorées, faire dans notre tête le parallèle avec notre ameublement moderne, froid, pratique et dénué de charme.

Caresser doucement ses mains parcheminées attrapées au vol, dont la peau est si douce et si fine. La sentir se rétracter légèrement, car elle craint d'être touchée. N'avoir jamais su pourquoi. N'avoir jamais osé le lui demander.

Apercevoir l'ombre fugace d'un sourire, et comprendre qu'au fond elle est touchée quand même. Le comprendre d'autant mieux qu'elle se laisse aller à nous frotter tendrement la joue du dos de ses doigts pliés.

Dans la pénombre de son salon, faiblement éclairé par une gracieuse lampe en papier car elle apprécie la quiétude des ambiances tamisées, se faire la réflexion que cette femme a souvent éludé son passé, a toujours fait preuve de courage, finira par voir ses forces décliner, risquera de nous manquer un jour.

Esquiver cette idée qui nous tord les boyaux. Savoir, de façon certaine, qu'on n'en est pas encore là. Qu'on en est loin, même.

Se sentir bien auprès d'elle. La sentir bien auprès de nous.

Se faire jeter d'un coup d'épaule complice lorsqu'elle nous enjoint d'aller nous occuper de nos enfants, au lieu de rester ici à traînasser avec elle. Réaliser soudain l'heure qu'il est, et quitter son nid en pensant « Aïe, aïe, aïe… ».

21 h 15

Mes fils terminaient de dîner devant la télévision, et moi, inexplicablement, je débutais une crise d'angoisse. Alors j'abandonnai mon assiette, et me mis à faire des allers-retours depuis ma chambre jusqu'au salon, va-et-vient compulsifs qui ne manquèrent pas d'attirer l'attention des jumeaux. Ils savaient que là-bas s'y trouvait mon vieil ordinateur portable sédentaire, mais ce que je trafiquais dessus les intrigua. Noé fut le premier à s'en agacer.

— M'man, qu'est-ce que tu fiches, exactement ?

— Rien ! Rien… Je suis juste allée consulter un blog qui recense le nombre d'accidents de train par pays… Non mais je sais, je sais, voilà, voilà…

Je revins m'asseoir sur le canapé. La télé diffusa un spot de pub dont mes fils reprirent en chœur le jingle, l'un en apposant sur les paroles un accent italien, l'autre un accent espagnol. « À ton tour de faire l'accent marseillais ! » me lancèrent-ils en se retournant, mais je n'étais plus là. J'étais repartie dans ma chambre.

— Maman ? ! Où tu es encore ? brailla Nestor.

— Nulle part, j'arrive ! Je regardais juste un site où des mères racontaient qu'elles avaient été refoulées à la douane, parce qu'elles n'avaient pas pu prouver que leurs gosses étaient bien les leurs, non mais je sais, je sais, voilà, voilà…

Je débarrassai la table, et vins m'installer avec eux sur le canapé. Cette fois-ci, je jurai de ne plus en bouger.

Dix minutes plus tard, j'étais repartie.

— Maman-euh ! T'es sur quel site, maintenant ?!

— Ça y est, j'ai fini ! Je lisais simplement un forum de témoignages de gens qui avaient croisé un pickpocket et s'étaient fait voler tout leur argent quand ils étaient à l'étranger, je sais, je sais, voilà, voilà…

22 h 35

— J'ai décidé que j'allais finalement le rencontrer.

— Non ? Tu rigoles ?

À l'autre bout du fil, le ton de Prunelle répondait de lui-même.

— Je suis sérieuse… Ce soir, je ne te fais pas lire nos échanges. Pardon, ma Brune…

— Aucun problème, mais dis-moi juste… Pourquoi ? Il s'est passé quelque chose de spécial ?

— Je ne sais pas, je crois que je commence à m'attacher à ce type… Dingue, non ?

— Je te le confirme, c'est n'importe quoi. Mais tu vas le rencontrer où ?

— J'en sais rien, soupira Prunelle. Dans un endroit public, évidemment.

— Genre… dans un café. Ou un restaurant… ?

— Oui, j'imagine.

— Et pourquoi pas dans une gare ? Tu arrives quand à Paris ?

— Dimanche, en fin de journée.

— Alors viens me chercher gare du Nord, et rencontre-le juste avant. Comme ça, on débriefera directement ensuite. Et tu ne seras pas toute seule en cas de problème. Qu'en dis-tu ?

— J'en dis que c'est une excellente idée. File-moi tes horaires de train !

23 h 55

À plat ventre sur mon lit, penchée sur un cahier d'écolière, je terminais d'écrire une chanson. Il me manquait juste une rime, une seule… Le bip d'un texto de Léonard me fit sursauter.

L'espace d'une seconde, j'envisageai de lui proposer de m'aider à la trouver, mais je balayai aussitôt cette idée de mon esprit. Pas cette fois, pas ce soir. Ce texte-là était trop intime, trop personnel. Ça parlait de mon enfance. Ça parlait de ma mère biologique. C'était juste un refrain entre elle et moi. Même si elle ne le lirait jamais, vu que je ne la connaissais pas.

En d'autres temps, j'aurais pu le montrer à mon ami. Léonard avait souvent lu mes textes, il ne s'en moquait jamais. Au contraire, il m'encourageait. Parfois, il prenait sa guitare et plaquait mes couplets sur trois accords de son invention en les chantonnant doucement. Il jouait comme un manche et détruisait fréquemment l'harmonie de mes rimes, mais moi non plus je ne me moquais pas de lui.

Un jour, il a piqué dans mon cahier une de mes ballades. Je m'en souviens. Nous étions dans une brasserie, mes affaires posées sur la table. Nous revenions du cinéma. Dehors, il faisait pluie. Mes cheveux étaient mouillés, j'ai voulu les attacher devant un miroir. Il y en avait un, dans les toilettes, en bas. Il a profité de ce moment où je me suis absentée quelques minutes pour accomplir son forfait. Je le sais, j'en suis sûre. À mon retour, une des pages qu'il avait recopiée était marquée par une goutte de café. Et j'avais commandé un thé. Il n'a jamais voulu admettre que c'était lui…

Léonard : *Tu dors ?*
Moi : *Oui !*
Léonard : *Tu penses à moi ?*
Moi : *Non…*
Léonard : *Il est temps de remédier à ça !*
Moi : *Mon Dieu…*

Léonard : *Je t'en prie, appelle-moi Léonard. Dis donc, toi, tu sais que tu vas me manquer ?*

Moi : *En même temps, c'est pas non plus comme si je partais un mois. Tu crois que tu sauras te débrouiller un week-end entier sans personne pour te rappeler dans quel sens se tourne le bouton de ta machine à laver, te dire de ne pas oublier de racheter des capotes, ou de te brosser les dents du rouge vers le blanc ?*

Léonard : *Non, j'y arriverai pas. Reste !*

Moi : *Allez, va, comme le clamait cette grande philosophe... comment elle s'appelait, déjà... Ah oui, Larusso : « Tu m'oublieras ! »*

Léonard : *Et comme l'avouait cette comptine de plombier, là...* À la claire fontaine... *« il y a longtemps que je t'aime, jamais je ne t'oublierai »...*

Moi : *Ah bon, tu m'aimes ? Hahaha...*

Léonard : *Pff. J'suis pas responsable des paroles de cette chanson. Bon, et sinon tu descends à quel hôtel ?*

Moi : *Le Royal Legendary Palace. Lequel, comme son nom l'indique, est un charmant trois étoiles... pourquoi ?*

Léonard : *Pour savoir.*

Moi : *Ben maintenant, tu sais. Tu veux savoir autre chose ?*

Léonard : *Oui. T'es plutôt string ou shorty, comme genre de fille ?*

Moi : *Bonne nuit, Léonard !!*

Léonard : *Ben quoi ? C'est toi qui m'as demandé si je voulais savoir autre chose ! T'as pas précisé que ça devait rester touristique !*

Après avoir raccroché, je refermai mon cahier, quittai le lit où j'étais allongée pour aller glisser le carnet sur mon petit bureau, posai à ses côtés mon téléphone éteint, et retournai me coucher en souriant toute seule.

Ce qui s'est passé chez Prunelle…
9 heures

De : Simon Lambert
À : Prunelle Oldfield

… Parce que moi, je suis un très très grand lecteur, vous savez.
Des thrillers à foison, de la science-fiction comme s'il en pleuvait, des biographies par dizaines, des essais très compliqués, et même des romans d'amour – si, si, j'assume !… Il ne se passe pas une journée sans que je ne me plonge quelques heures dans un bouquin.
C'est un moment de détente qui m'est nécessaire, qui me permet de m'évader, de partir loin…
« Lire, c'est voyager ; voyager, c'est lire », disait Victor Hugo.
Moi je dis : cet homme-là a tout compris.

De : Simon Lambert
À : Prunelle Oldfield

Vous aimez Victor Hugo ?

De : Prunelle Oldfield
À : Simon Lambert

C'est bien, Simon, continuez à m'écrire.

À vingt-cinq euros l'envoi d'e-mail sur cette adresse payante, votre carte bleue se vide à une allure qui me comble…

Mais ce n'est pas bien grave, n'est-ce pas ? Puisque vous êtes un écrivain célèbre porté aux nues par ses lecteurs.

Apprenez que désormais, je vous porte aux nues également.

Car si jusqu'à présent vos courriers pouvaient m'offrir un week-end en Bretagne, au rythme où vous me harcelez, je vais bientôt pouvoir l'échanger contre une semaine à Bora Bora !

Mais quelle que soit la destination de mes prochaines vacances, je vous jure bien une chose, mon cher (et précieux) Simon : c'est de vous envoyer la plus jolie carte postale que je pourrai trouver.

Tut-tut, je vous en prie. C'est la moindre des choses.

Dans l'attente de vos nouvelles (il me faut un nouveau maillot),

Votre très disponible,

Prunelle.

P.-S. : Exact, Victor Hugo avait tout compris… ô combien !

De : Simon Lambert
À : Prunelle Oldfield

AH, ENFIN, un mot de vous !

Rassurez-vous, je ne ferai pas la moindre petite allusion au fait que vos prévisions sont aussi fiables que celles d'une diseuse de bonne imposture, puisque malgré la prophétie catégorique de votre boule de cristal, vous m'avez répondu.

Au caniveau, l'ironie ! Aux chiottes, les sarcasmes ! Voyez un peu comme je m'amende bien, j'espère que vous êtes fière de moi.

Ceci étant (et puisque je vous paye), j'ai tout de même une question à vous poser :

Quand vous dites que vous me portez aux nues, ce faisant, vous… vous portez quoi ?

Ça m'intéresse…

Votre très curieux,

Simon.

P.-S. : Ne craignez rien pour ma carte bleue. J'utilise celle du compte de mon ex-femme, celle-là même qu'elle a égarée et qu'elle ne parvient plus à retrouver.

P.-S. (bis) : Je plaisante, évidemment.

P.-S. (ter) : En réalité, j'ai pris un abonnement : votre formule la plus économique. À peine de quoi vous offrir un bonnet de bain.

P.-S. (quater) : (Désolé…)

De : Prunelle Oldfield
À : Simon Lambert

Vous êtes lourd, quand même.

De : Simon Lambert
À : Prunelle Oldfield

Certes, mais ce n'est pas une réponse.

Alors ? Vous portez quoi sur vous, en ce moment ? Allez, que l'on termine cette correspondance sur une note d'humour, de camaraderie, et, qui sait, peut-être aussi, de sensualité… hum…
Hum ?

De : Prunelle Oldfield
À : Simon Lambert

Vous voulez le savoir ? Vraiment ? Vous ne préférez pas plutôt aller faire un tour sur un site plus à même de contenter, avec science et professionnalisme, vos pulsions d'homme seul, neurasthénique, et, comment dirais-je, un peu aigri sur les bords ?
Hum ?

De : Simon Lambert
À : Prunelle Oldfield

Non. Je préfère de loin la science et le professionnalisme de votre site à vous.
Allez, quoi…
Ne faites pas votre petite joueuse, ce n'est pas non plus comme si je vous demandais une photo !

De : Prunelle Oldfield
À : Simon Lambert

Très bien. Le client est roi.
Je vais vous répondre.
Alors…
Je porte des mi-bas de contention, bien serrés aux genoux pour améliorer ma circulation veineuse, rapport au fait que je suis assise toute la journée

devant mon écran. Je porte une fine couche de tartre sur les dents, rapport au fait que j'ai oublié de me les brosser ce matin. Je ne porte pas de soutien-gorge, vous trouverez sans doute cela sexy mais c'est rapport au fait que j'ai une toute petite poitrine.

Je porte mes courses en revenant du marché, mais là, aucun rapport. Je porte des lunettes, vous voyez le genre. Je porte aussi une robe de chambre, par contre, vous ne la verrez pas. Je porte bien mon âge, mais je ne vous dirai pas lequel, ça ne se demande pas à une demoiselle, vu ?

Je porte un toast, à notre nouvelle camaraderie ! Celle-là, je commence presque à la porter dans mon cœur. (J'ai dit « presque ».)

Je porte la culotte, ou en tout cas je le ferai si un jour je me mettais en couple. Aussi, dès à présent, je m'entraîne en portant une culotte.

Enfin, je porte bonheur à qui m'écoute et à qui me croit, car je présage toujours de jolies choses, histoire que les gens ne s'en portent que mieux.

Voilà. J'ai été sincère.

Avec tout ça, vous en avez pour votre porte-monnaie, dites donc !

Je laisse la porte ouverte, n'hésitez pas à la prendre… (Oh, à défaut de sensualité, on a déjà l'humour, cessez donc de vous plaindre, un peu…)

Votre dévouée porte-parole,

Prunelle.

De : Simon Lambert
À : Prunelle Oldfield

Ah oui, quand même.

De : Prunelle Oldfield
À : Simon Lambert

Ça vous excite, hein ?

De : Simon Lambert
À : Prunelle Oldfield

« Exciter » n'est pas le terme exact.
Mais merci.
Je vous confirme qu'effectivement, j'en ai eu pour mon argent.
La bise,
Simon.

10 h 30

Prunelle se leva de son siège, se rassit, posa ses mains sur son clavier, mais ne sut pas quoi écrire pour relancer la conversation. Car Simon semblait y avoir mis un terme.

Elle se demanda si elle devait intervenir. Le laisser faire ? Le laisser revenir ? Lui demander de le faire ?

Elle passa le reste de la matinée à y penser, à réactualiser ses e-mails plus souvent que de coutume et, aussi absurde que cela puisse paraître, elle dut se résoudre à admettre l'inconcevable : cet échange complètement incongru lui manquait.

Alors elle enfila sa veste bleue, attrapa son sac à bandoulière orange, recoiffa succinctement ses cheveux courts dans le miroir de l'entrée, et sortit de chez elle en claquant la porte.

17 h 02

De : Simon Lambert
À : Prunelle Oldfield

Tout de même, il n'empêche, vous avez parfaitement répondu à ma question.

N'allez pas croire que je m'attendais à un inventaire de vos dessous affriolants, accompagné d'une description de vos attitudes les plus suggestives, hein, oh ça non. Comme vous le dites si justement, il y a des sites plus à même de répondre à ce type de requêtes.

C'était simplement une manière de détendre un peu l'atmosphère, après les quelques nuages d'électricité que nous avons traversés. Par ma faute, j'en conviens.

Voilà. Il était important pour moi de le repréciser. Même si je me doute que vous l'aviez déjà perçu, compte tenu de vos capacités extrasensorielles. Ceci dit sans ironie aucune, bien entendu.

Amicalement,

Simon

P.-S. : Je suis sûr que vous êtes ravissante. Seule une fille pas très gâtée par la nature se serait sentie obligée d'en rajouter, heureuse de pouvoir enfin faire fantasmer un homme, même à distance. ... J'ai bon ?

De : Prunelle Oldfield
À : Simon Lambert

Cher Simon,

Suis-je ravissante ? Eh bien... ce n'est pas à moi d'en juger. De toutes les façons, si mes mots vous

ravissent, c'est que vous avez forcément bon (goût).
Cependant, j'ai répondu à votre question. À vous à présent de répondre à la mienne :
Je suis allée chercher vos ouvrages auprès de mon libraire, et il semblerait qu'il ne connaisse aucun Simon Lambert. Publiez-vous sous pseudo ?
Dans l'attente d'intégrer votre délirant fan-club, celle qui ne rêve que de vous rendre la monnaie de votre pièce (en achetant vos livres, il va sans dire),
Prunelle.
P.-S. : Et puis d'ailleurs, donnez-moi donc votre date de naissance, que je connaisse tout de vous. À commencer par votre âge.

De : Simon Lambert
À : Prunelle Oldfield

Mais, mais, mais… je vous intéresse, alors ?

De : Prunelle Oldfield
À : Simon Lambert

Comme le foie palpitant de la souris intéresse le vivisecteur ? Oui.

De : Simon Lambert
À : Prunelle Oldfield

Si je vous dis que je suis né le 3 janvier 1970, vous en déduisez quoi ?

De : Prunelle Oldfield
À : Simon Lambert

À part que vous commencez à être vieux, vous voulez dire ?

De : Simon Lambert
À : Prunelle Oldfield

Oui, à part ça.

De : Prunelle Oldfield
À : Simon Lambert

J'en déduis que vous ne m'avez toujours pas donné votre pseudo d'écrivain.

De : Simon Lambert
À : Prunelle Oldfield

Je vais faire encore mieux.
Je vais vous inviter à prendre un café, et vous offrir en personne un exemplaire dédicacé de mon dernier livre. Que dites-vous de ça, petite ?

De : Prunelle Oldfield
À : Simon Lambert

J'en dis qu'après, vous allez vouloir me gratter une consultation à l'œil en échange.
Je vous vois venir.

De : Simon Lambert
À : Prunelle Oldfield

Et c'est tout ce que vous voyez ? Vraiment ?

De : Prunelle Oldfield
À : Simon Lambert

Je sens poindre une révélation. Un peu comme avant la fin du monde.
Mon Dieu, ayez pitié.
Allez, Simon, je suis tout ouïe, étonnez-moi.

De : Simon Lambert
À : Prunelle Oldfield

OK.
Mais avant, je veux que vous me promettiez de ne pas vous fâcher.
Sans cette promesse, point de révélation.
Alors ?
J'ai votre parole d'honneur ?

De : Prunelle Oldfield
À : Simon Lambert

Vous avez ma parole d'horreur. Pardon, je veux dire, ma parole docteur.
Bon, vous avez cinq minutes.
Allez, dites-moi tout. Je ne me fâcherai pas. (Trop.)

De : Simon Lambert
À : Prunelle Oldfield

Très bien.
Alors je me lance… j'espère que vous ne me laisserez pas tomber.
Je ne vous ai pas détrompée lorsque vous avez cru que j'étais écrivain.

En réalité, c'est faux. Si je vis de l'écriture, c'est en tant que journaliste.
Et en ce moment, je mène une enquête sur le business du paranormal. J'en étais à ma cinquième tentative infructueuse d'interview auprès de vos consœurs, quand j'ai décidé de changer de stratégie, et d'opter pour l'attaque frontale d'un mari largué. Histoire de vous faire réagir et d'initier un dialogue. Une souffrance tout à fait simulée, ceci dit, car je suis célibataire.
Oh, je ne fais pas le fier. N'allez pas croire que je sois coutumier de ces méthodes stupides, mais comprenez-moi : il fallait que je boucle ce papier, et l'aveu d'une imposture m'aurait permis de terminer cet article en beauté. Mais nous avons sympathisé vous et moi, et ça… Ce n'était pas prévu.
Rassurez-vous, j'ai décidé de ne rien utiliser du matériel provenant de nos échanges, car j'ai sincèrement envie de vous rencontrer, et de prendre ce café avec vous.
Suis-je pardonné ?
Des baisers,
Simon.
P.-S. : Ma date de naissance était véridique. J'ai espéré que vous y liriez combien je ne suis pas un mauvais bougre, ou tout autre élément pouvant plaider en ma faveur…

De : Simon Lambert
À : Prunelle Oldfield

Sinon, je peux aussi vous donner mon vrai nom : c'est Simon Lambert.
Vous voyez ? Je ne vous cache plus rien.

De : Simon Lambert
À : Prunelle Oldfield

… Taille : 1 m 83. Poids : 81 kg (82 après une bonne bouffe.) Pointure : 44. Intestin grêle : 6 m. Cheveux : plein ! Yeux : magnétiques. Appendice vermiculaire : intact. Cicatrice sexy : une balafre sur l'arcade sourcilière. Air bad boy : oui, grâce à cette chute à vélo en maternelle. Air bête : parfois. Air intelligent : j'essaie. Drôle d'air : n'en manque pas (d'air)…

De : Simon Lambert
À : Prunelle Oldfield

Allez, Prunelle, s'il vous plaît, répondez-moi.
Je me suis complètement mis à nu devant vous.
Je suis à poil, là. Symboliquement parlant.
Et je commence à avoir froid. Émotionnellement parlant.

De : Simon Lambert
À : Prunelle Oldfield

Prunelle ?
Je vous en prie… ce serait trop bête que cela s'arrête ainsi…

19 h 30

Effectivement, c'était trop bête, pensa Prunelle. Pourtant quel crédit pouvait-elle donner à une relation qui commençait par un mensonge, par une fourberie ?

Quelle déception…

Si elle s'écoutait, elle sentait qu'elle n'avait plus du tout envie d'échanger avec lui. Et il ne fallait jamais aller contre ses envies.

Tout bien considéré, ce type n'en valait pas la peine.

Mieux valait lâcher l'affaire.

21 h 05

Sortir. Ne pas lui écrire. L'oublier.

23 h 58

De : Prunelle Oldfield
À : Simon Lambert

Connard.

De : Simon Lambert
À : Prunelle Oldfield

J'ai été un abruti…

De : Prunelle Oldfield
À : Simon Lambert

Vous ne me demandez même pas pourquoi je vous traite de connard ?

De : Simon Lambert
À : Prunelle Oldfield

Parce que j'ai été un abruti ?

De : Prunelle Oldfield
À : Simon Lambert

Salaud.

De : Simon Lambert
À : Prunelle Oldfield

Venez me le dire en face.
Dans un café, un jardin, un zoo, où vous voudrez.
Je m'excuserai de vive voix de mériter ces insultes.

De : Prunelle Oldfield
À : Simon Lambert

Vous les méritez, c'est une certitude.

De : Simon Lambert
À : Prunelle Oldfield

Venez, c'est un ordre…

De : Prunelle Oldfield
À : Simon Lambert

Alors non…

De : Simon Lambert
À : Prunelle Oldfield

Je vous en supplie…

De : Prunelle Oldfield
À : Simon Lambert

Alors peut-être…

5

Vendredi

One dark morning
She left without a warning
And took the red-eye back to London town.
Jamie Cullum – « I'm All Over It »

17 h 29

— Ça vous ennuie si je mets mes sacs là ?

— Heu, non… Allez-y…

La femme, adipeuse et sans grâce, portait une fine robe à bretelles couleur saumon fumé, totalement inadaptée à la température de cette fin de journée dans une gare glaciale. Seulement, que sa gestion de la mode ait pu être un tant soit peu décalée par rapport au lieu où elle se trouvait n'était pas du tout un problème pour moi. Non.

Mon problème à moi était qu'elle s'activait près de ma tête en essayant d'enfoncer un de ses innombrables sacs en plastique sur le porte-bagages au-dessus de mon siège. Le sien étant déjà plein à craquer de toutes les affaires de sa famille, elle avait décidé d'investir aussi celui qui lui faisait face. Et, les bras levés, à force d'acharnement, elle suait considérablement de ses aisselles nues. Aisselles dont l'odeur, beaucoup trop proche de mon nez, commençait à m'insupporter sérieusement.

Elle poussait, parvenait à faire entrer un sac, ajoutait un bagage supplémentaire, poussait au maximum l'unique sac de voyage que j'avais pris pour mes fils et moi, puis me demanda tout naturellement d'une voix affable :

— Excusez-moi, est-ce que vous ne pourriez pas descendre votre sac pour le mettre sous votre siège, s'il vous plaît ? Il me reste un plastique rempli de sachets de chips à placer sur le porte-bagages, j'ai peur qu'elles s'effritent si je les mets sous mon siège à moi.

Son toupet me stupéfia.

Je relevai la tête, cessai mon apnée, et lui répondis d'une voix claire et nette :

— Non. Mon sac reste où il est.

— Oh, fit-elle, déçue et un peu embêtée.

— Viens, Corinne, laisse… Les gens sont d'un égoïsme…

Cette petite réflexion perfide fuita de la bouche molle d'une femme assez âgée pour être sa mère. Cependant je ne pus la fusiller du regard, tant il était écarquillé de stupéfaction devant un tel culot.

La Corinne attrapa donc à regret ses sachets de pommes de terre en lamelles, alla s'asseoir à sa place, les cala sur ses genoux et marmonna qu'elle espérait que ses chips ne se casseraient pas en mille morceaux d'ici l'arrivée. Sous-entendant peut-être que, le cas échéant, j'aurai été responsable de cette catastrophe parmentière.

J'eus un instant l'envie irrépressible de saisir son sac, de le jeter au sol et de sauter dessus à pieds joints, comme ça, juste pour lui rendre le plaisir que j'avais d'être intégralement parfumée à sa flore microbienne.

Mais je me retins. Hors de question de gâcher ce début de week-end en tête à trois avec mes fils. Aussi me retournai-je vers eux pour leur sourire, heureuse, mains regroupées sous mon menton et coudes posés sur ma tablette.

Nous étions assis dans un carré : quatre places autour d'une table pour mes deux amoureux, mon sac à main et moi-même.

À notre droite se trouvaient, coincés dans un carré également, Corinne et ses aisselles, sa génitrice, et ses deux enfants, dont nous ne tardâmes pas à connaître le prénom tant ce quatuor produisait un fond sonore irritant dans le wagon par sa seule conversation tapageuse.

Ils se croyaient seuls au monde, et nous aurions tous voulu qu'ils le fussent. Mais loin, très loin d'ici. Dans un autre train, par exemple.

— Alors, mes fils, dis-je en posant alternativement sur eux un regard rempli d'amour maternel attendri, vous êtes contents de… ?

— LAURENT ?!

Ah ? La tradition ferroviaire voulait-elle que tous les passagers fassent connaissance en se présentant à glotte déployée ? Ou les joies de ce folklore imposé étaient-elles circonscrites à ce carré VIP ? (Vrais Importuns Pénibles.)

Il va sans dire que cette question était superflue.

— Laurent, prête ta console à ta… PRÊTE TA CONSOLE À TA SŒUR OU JE TE LA CONFISQUE.

— MAIS, MAMAN…

— DONNE. Tu l'as déjà eue pendant tout le trajet en métro.

Corinne lui arracha l'objet pour le passer à sa fille, une gamine amorphe beaucoup trop petite pour savoir s'en servir correctement, qui se contenta d'appuyer sur les boutons au hasard, sans autre intérêt qu'une vague curiosité.

— Il faut savoir partager, dans la vie. Tiens, tu n'as qu'à jouer avec sa poupée.

Et hop, dans un même mouvement, elle attrapa le jouet chevelu de la petite et le colla dans les bras de son frère, qui en avait autant envie qu'un aveugle d'un joli tableau impressionniste.

Évidemment, la gamine fondit en larmes.

— GINA ! Ça suffit, les caprices.

Les pleurs de la môme, décuplés par le sentiment d'injustice qu'elle ressentait (« pourquoi ma mère a volé mon bébé en détournant mon attention avec ce truc débile qui sert à rien ? »), montèrent en puissance. C'est le moment que choisit le frère pour attaquer les chœurs d'une protestation rythmant cette complainte désespérée, en vociférant sa rage envers une société qui lui avait tout pris mais ne lui avait rien rendu (« vas-y, comment on m'a escroqué le cadeau d'anniv' de mémé pour me filer c'te vieille marionnette toute pelée, c'est quoi c't'arnaque ? »).

Évidemment, un murmure d'agacement commença à s'élever depuis les sièges avoisinants.

Corinne allait forcément réagir, elle devait reprendre le contrôle de son statut de mère, ou une mutinerie n'allait pas tarder à éclater. (Pourvu !)

Noé, Nestor et moi communiquions en silence, par regards horrifiés interposés, mouvements de sourcils compliqués et déchaînements de rictus éloquents. Mais c'est Noé qui, le premier, remarqua l'étincelle qui allait tous nous faire exploser de rire.

— Maman, chuchota-t-il en se penchant dans ma direction, tandis que son frère rapprochait lui aussi sa tête de la nôtre, façon comploteurs très, très flagrants. T'as entendu les prénoms de ses gosses ?

— Oui, et alors ?

— T'as rien remarqué ?

— Bah non… Qu'est-ce qu'ils ont ?

Une voix aigrelette s'éleva soudain dans l'habitacle, signifiant la trêve qu'elle accordait de mauvaise grâce à ses gamins. Annonce sonore dont il ne lui vint même pas à l'esprit qu'elle était plus retentissante que celle du chef de gare, qui, elle par contre, intéressait les voyageurs.

— LAURENT ! GINA ! C'EST BON, VOILÀ, JE CÈDE ! Reprenez vos jouets. Vous n'êtes pas sortables, ma parole ! J'te jure, ces mômes…

Et là, en entendant l'association des deux, nous comprîmes.

Une immense vague d'hilarité déferla sur nos visages, submergeant d'un coup les résistances que nous aurions pu lui opposer, et nous rejetant éreintés, après de longues secondes de soubresauts libérateurs, sur les rivages de la bienséance. (Ou pas très loin.)

Visiblement, quelqu'un dans ce wagon devait beaucoup aimer les limonades à l'orange.

Mais l'avait-elle seulement fait exprès, ou s'agissait-il de l'œuvre impressionnante d'un subconscient hyperglycémique ?

Je n'eus pas le loisir de me pencher plus avant sur cette question auditive, car une sensation olfactive se rappela soudain à mon bon souvenir. Une sorte de fumet d'oignons mêlé à de la charcuterie, de l'urée et surmonté d'une irritante pointe d'ammoniaque.

Même pas le temps pour moi de comprendre d'où venait l'attaque, je basculai la tête en arrière et me retrouvai face à… l'aisselle. (En un seul mot, hein, malgré l'odeur.)

Comme dans un mauvais film d'horreur, elle était revenue.

Prenant ses aises, Corinne s'était mise debout en s'appuyant négligemment contre le dossier de MON siège, son coude posé sur MON appuie-tête. Elle était si proche de moi que si je gardais les yeux ouverts sur ce qui surmontait ma tête, je pouvais apercevoir les petites cicatrices laissées par le rasoir sur sa peau fine (et moite).

Oh non. Une goutte de cette sueur aurait-elle pu me tomber sur les cheveux ?

L'idée me révulsa. Que pouvais-je faire pour me protéger ? À part ouvrir un parapluie dans le wagon, je veux dire. Je choisis plutôt d'ouvrir la bouche pour lui dire… pour lui dire quoi, au juste ? « Excusez-moi, madame, mais l'exhalaison de votre intimité axillaire si près de mon visage m'est insupportable. Auriez-vous l'obligeance de bien vouloir m'en dispenser ? »

Ou, plus prosaïquement : « Casse-toi, tu pues. Et marche à Londres. »

Non, bien sûr…

Mes fils, qui m'observaient lâchement me ratatiner sur mon siège, venaient de repartir dans un fou rire qui me fit craquer et je pouffai avec eux. Bande d'andouilles.

Allez, allez, il restait moins de deux heures de trajet. À peine le temps d'un film barbant.

Soudain, un terrible accès de parano me saisit : et si cette femme, ses chips et sa voix qui porte descendaient dans le même hôtel que nous ? Les supporter au-delà de ce trajet en train me sembla relever du cauchemar éveillé.

Évidemment, le taux de probabilité pour que cela arrive était infime, la capitale britannique étant une ville immense, tentaculaire, mais je n'étais plus en état de penser correctement, intoxiquée par ces effluves corporels dont on m'imposait le humage.

— Et sinon, c'est la première fois que vous venez à Londres ?

— Eh bien…

Corinne, qui semblait avoir en permanence besoin de s'exprimer, comme un requin a en permanence besoin d'être en mouvement, venait de prendre pour cible les deux hommes assis derrière moi. Mes voisins, ces malheureux, n'eurent pas le temps de répondre, qu'elle enchaîna :

— Parce que nous, c'est la première fois… Hein, maman ?

La femme âgée, qui était en train de déballer deux sandwichs baguette de leurs feuilles d'aluminium pour les présenter aux enfants, acquiesça de la tête et de la voix : « Oui, oui, c'est la première fois ! »

La mère de Corinne avait ouvert plusieurs sacs et déversé sur leur table une telle quantité de nourriture que je me demandai si elle avait bien compris que le périple ne durait que deux heures, et pas deux nuits. Yaourts, paquets de gâteaux, camembert, œufs durs…

Et encore, c'était sans compter les chips.

— Oui, on a trouvé une petite auberge de jeunesse qui a l'air bien propre et pas chère du tout. Vous comprenez, on reste quand même plusieurs jours…

Je me signai discrètement. Pas le même hôtel. Merci, mon Dieu.

— Quelle aubaine ! On a eu une super promotion sur les billets de train, en passant par mon comité d'entreprise… Je ne vous dis pas combien on les a payés, sinon ça va vous gâcher le trajet. Ils vous ont coûté combien, les vôtres ? Parce que nous, ce n'est pas la première fois qu'ils nous offrent des promos pareilles, vous savez. Du coup, avec ma mère, on voyage souvent. Et croyez-moi, depuis le temps, on connaît les meilleurs endroits pour passer ses vacances. Surtout ceux avec les buffets les mieux garnis. Sauf que là, c'est la première fois qu'on choisit une destination sans pension complète. Quelle aventure ! C'est fou, non ? En plus, il paraît que les Anglais mettent de la sauce à la menthe partout. J'vous jure, ils le montrent même dans le film de Louis de Funès, là, *Les Grandes Vacances*. J'espère qu'on réussira quand même à manger sainement chez ces gens-là…

Bizarrement, dans cette conversation, je n'entendais qu'elle. Les types à qui elle s'adressait semblaient muets (tétanisés ?) devant son impressionnant débit de paroles.

Je me retournai discrètement, histoire de voir à quoi ressemblaient ses victimes à travers l'ouverture entre mes deux fauteuils. Je rencontrai aussitôt par l'interstice un œil rond qui me fixait, semblant crier « au secours » en morse avec ses cils battant d'affolement. Pauvre gars…

— Vous aussi, vous aimez voyager en famille ? demanda l'importune curieuse.

— Comment ça ? lui répondit une des voix derrière moi.

— Entre frères, je veux dire ? Ou entre cousins ?

— Non, on préfère voyager en couple.

Elle se dandinait à présent comme une cocotte qui se rengorge. Avec un petit mouvement des épaules et du cou qui laissait à penser que sa conversation prenait un tour plus désinvolte, plus familier. Comme si elle venait de remarquer un détail amusant et révélateur, et qu'elle s'apprêtait à le souligner.

— Ah bon, mais je ne vois pas vos femmes… Elles sont restées à la maison ?

Sa voix s'était faite charmeuse, avec une légère inflexion gouailleuse. La machine à séduire se serait-elle mise en marche ? Je ne pus retenir un éclat de rire que j'étouffai dans ma main.

— Si, reprit patiemment l'un des deux, voici mon mari.

— Et voilà mon mari, termina l'autre.

Hilare, je levai la tête depuis mon siège pour

mieux apercevoir le visage de Corinne se décomposer en temps réel. Elle se gratta les cheveux, se tourna vers les passagers pour chercher de l'aide auprès de l'un d'entre eux, n'en trouva pas, chercha le regard de sa mère (qui semblait ne pas avoir entendu, tout entière consacrée qu'elle était à éplucher les bananes des enfants), et, miracle d'entre les miracles, clôtura net la conversation et retourna s'asseoir à sa place sans piper mot.

Je lâchai un gloussement bref. Derrière moi, j'entendis que l'on gloussait aussi.

18 h 16

— J'ai fini de le lire… Vous le voulez ?

Je venais de terminer mon magazine, et mes jumeaux étant concentrés sur leur téléphone portable, en train de jouer à des jeux ou d'envoyer des textos à je ne savais qui, j'avais entre les mains un magazine désormais inutile. Autant en faire profiter quelqu'un.

Debout près de mon siège, je faisais craquer mes orteils dans mes baskets pour détendre mes pieds. L'un après l'autre. Ça donnait l'impression d'un petit ballet improvisé sur place. Mais très discret, comme petit ballet.

— Oh, ben oui, merci, c'est gentil ! me dit l'homme aux cheveux courts et bruns en le prenant.

Un bel homme au visage jovial et à la carrure imposante.

Il en parcourut la couverture, et la montra à son compagnon.

— Tiens, regarde, Dario. Il y a un article sur « les 10 choses qui vous insupportent le plus chez l'autre », ça va te plaire, je crois.

— Haha. Très drôle. Monsieur fait dans le comique, maintenant ?

— Je t'arrête tout de suite…

— Rien du tout ! Tu n'es pas en service, chéri, alors tu n'arrêtes personne.

Je reconnus l'œil bleu de celui qui venait de parler, l'ayant déjà rencontré entre mes deux fauteuils. C'était un faux blond du même âge que son conjoint, la petite trentaine. Sans que je ne lui aie rien demandé, il se tourna vers moi et m'expliqua :

— Cet homme se croit encore au boulot !

— Absolument pas : au boulot, mes collègues sont aimables, eux.

— Félix, tu te crois TOUJOURS au boulot, impossible pour toi de décrocher.

— Et allez, qu'est-ce que j'ai dit, encore ?

Félix tourna les paumes de ses mains vers le ciel, et me prit à partie :

— Vous êtes témoin, j'ai rien dit, on est bien d'accord ?

Gênée, j'ébauchai un sourire, modérément enthousiaste à l'idée de participer à une scène de ménage en public. Même si la scène en question était fort heureusement jouée en sourdine.

— Et ta petite allusion à deux balles sur (il mima des guillemets avec ses doigts) « ces choses qui vous insupportent chez l'autre » ? Tu ne pouvais pas t'en empêcher ?

— Et l'« autocritique » (Félix mima des guillemets avec ses doigts), tu ne voudrais pas essayer ?

Bon, eh bien voilà-voilà. Ayant suffisamment fait craquer mes orteils, il était temps pour moi de me rasseoir tranquillement à ma place. Ce que j'avais entrepris de faire en levant légèrement la jambe pour la passer sur mon siège, lorsque Dario m'interpella d'un mouvement de la main. Bon. Après tout, je pouvais bien rester debout quelques secondes de plus.

— Des mois qu'il me bassine pour trois textos envoyés en conduisant ! Vous vous rendez compte ? Non mais, objectivement, c'est insupportable, vous êtes d'accord avec moi ?

— Eh bien heu… je ne sais pas… je…

Félix perdit son sang-froid. Il se redressa, muscles bandés, et son ton, bien que toujours feutré, monta d'un cran.

— Bordel, Dario, on en a déjà parlé ! Tu accélères à l'orange, tu doubles sur la ligne blanche, et tu n'utilises tes clignotants que lorsqu'une chanson de Lady Gaga passe à la radio : pour la rythmer ! Tu conduis comme une vraie gonzesse !

Le beau brun réalisa ce qu'il venait de dire, se tourna vers moi, et précisa :

— Enfin, sauf votre respect, madame.

— C'est rien, je vous en prie, dis-je en considérant le siège que je touchais des tibias, et sur lequel j'envisageais de me couler nonchalamment, histoire de tracer ma route en les abandonnant sur le bas-côté de leur déroute à eux.

Dans le carré d'en face, j'entendis la petite Gina demander à sa mère : « Maman ? Pourquoi le tunnel sous la mer il est tout noir ? Je voulais voir les poissons, moi… » Et sa mère lui répondre : « Ne sois pas bête. Pour construire leur tunnel, ils ont dû tous les tuer. »

La petite se remit à pleurer, et moi je démarrai une migraine.

— Vous avez vu un peu ce qu'il me fait vivre, celui-là ? (Dario leva les yeux au ciel et secoua ses mains tendues.) *Madonna mia*… voilà ce qui arrive quand on a un faible pour les hommes en uniforme…

— Oh, t'es bien content de le trouver, hein, l'homme en uniforme, quand il s'agit de faire sauter tes PV ou d'utiliser ses menottes.

— Comme la fois où tu as perdu la clé ? Tu veux qu'on en reparle ?

— Tiens, voilà que mes fils m'appellent…, marmonnai-je pour leur fausser compagnie et m'enfuir sur mon siège.

Mes deux poussins ayant chacun leur casque sur les oreilles, je leur parlais comme s'ils pouvaient me capter.

— Oui, oui, j'arrive ! Ohlala, je ne peux même

pas discuter cinq minutes sans que vous ne me réclamiez, c'est fou, ça !

Un silence relatif reprit ses droits quelques miraculeux instants, mais mon répit fut de courte durée.

Trois rangs plus loin, une jeune femme se mit à brailler dans son téléphone portable :

— Je ne t'entends plus, là !... Oui, c'est parce que je suis dans un tunnel... oui, comme tout à l'heure... eh ben c'est un long tunnel, qu'est-ce que tu veux que je te dise ?... MAIS PARLE PLUS FORT, TU VOIS BIEN QUE JE NE T'ENTENDS PAS !

— Nous, par contre, on vous entend très bien, nota l'homme assis sur le siège devant elle.

— NON MAIS PARLE PLUS FORT, J'ENTENDS RIEN, Y A QUELQU'UN QUI PARLE, LÀ !

Cette fois je décidai d'attraper mes fils, et de les emmener nous réfugier loin, très loin de là, tout au fond du wagon-bar.

18 h 35

La vie était quand même plus belle plantés devant une canette de Coca qu'à s'administrer la nuisance d'une charrette de coquins. Nous sirotions nos boissons gazeuses avec délectation, heureux de nous retrouver enfin entre gens de bonne compagnie.

Nestor ne lâchait pas son portable, qu'il consultait régulièrement. J'avais cru comprendre qu'il avait envoyé des textos à Hermine, qui ne lui avait pas encore répondu. Il devait avoir hâte de la retrouver. Je décidai de faire preuve de discrétion et de ne pas poser de questions, même si ce n'était pas l'envie qui m'en manquait.

Nous nous mîmes à bavarder tous les trois, enfin détendus. Je voulais me nourrir de leur joie d'aller enfin en Angleterre, je voulais que nous discutions comme des amis qui se retrouvaient autour d'un verre mais, tout naturellement, la conversation s'orienta vers le collège et leurs potes. Sans la pression des cahiers à côté d'eux et des devoirs sous le nez, mes fils se lâchèrent sur les confidences, et moi je me délectais.

Noé attaqua :

— Dans ma classe, il y a le plus nul faiseur d'antisèches du monde. Il les fabrique, et il n'arrive jamais à les sortir ensuite. Le loser absolu.

Nestor l'interrompit :

— Allez, avoue…

— Bon, d'accord, j'avoue, c'est moi.

Ils ricanèrent comme des hyènes en se claquant la paume de la main. Puis Noé reprit :

— En tout cas, le prof de maths que j'ai cette année, il déchire…

— Qui ça, monsieur Brimberg ? demanda Nestor. Arrête, il est tellement mou et lent, que quand il s'énerve tu mets un quart d'heure à t'en apercevoir. (Nestor l'imita, tête baissée, épaules relâchées.) Je vais m'énerver… Je crois que je vais m'énerver… Attention, ça y est, je m'énerve… Voilà, je me suis énervé.

— Effectivement, c'est énervant, commenta Noé. N'empêche, avec lui j'ai de super bonnes notes.

— Moi je l'avais comme prof l'année dernière. Et les maths me détestent, confia Nestor.

— Normal, tu les calcules pas…

— Ça pue, les maths ! En plus, Brimberg donne des surnoms à chaque élève, en fonction de ses résultats.

À côté de nous, un grand type brun portant une veste en cuir écoutait notre conversation, qui avait l'air de le passionner davantage que les énumérations de fringues que sa copine comptait aller dénicher à Covent Garden ce week-end.

— C'est vrai ? demandai-je à mes fils. Toi par exemple, Noé, comment il t'appelle ?

— Ben moi au début de l'année il m'appelait par mon nom de famille, « Kim ». Ensuite « Noé », et maintenant il m'appelle « Noélito ».

— Oh, c'est joli « Noélito », dis-je en buvant une gorgée de ma canette. Et toi, Nestor, avec ton huit de moyenne, comment il t'appelait ?

— « Machin ». Il disait : « Allez, Machin, au tableau ! »

Je me marrai, et le type qui nous écoutait aussi. Nous échangeâmes un regard amusé au-dessus de la tête de mes cancres, je terminai ma boisson, et je l'entendis demander à sa copine de le lâcher un peu avec son shopping à la con.

20 h 45

— Bonsoir, j'ai une réservation au nom de Mme Kim, s'il vous plaît.

Pendant que le réceptionniste vérifiait ses fichiers, je posai le coude sur son guichet en bois brun, et pris le temps de regarder autour de moi.

L'hôtel était absolument magnifique.

La décoration du lobby mélangeait avec bonheur design et style victorien. Tout le mobilier avait été choisi selon une alliance équilibrée entre modernité apaisante et traditionnel cosy. Dans cette ambiance élégante, raffinée et dénuée de fâcheux, je sentis mes nerfs se relâcher.

Enfin, le week-end allait pouvoir commencer.

Enfin j'étais délivrée de Corinne, de ses chips et de sa tribu de ploucs sans gêne, reléguée à tout jamais au fin fond de ma mémoire. Enfin j'étais libérée de ces deux hommes qui s'engueulaient pour un titre sur un magazine, et qui pouvaient désormais se gifler tranquillement à coups de *Biba* ou de *Cosmopolitan*, je m'en battais l'œil avec une plume de paon. Enfin j'étais éloignée pour toujours de l'emmerdeuse qui racontait sa vie au téléphone en la hurlant à tout le wagon, dont je n'aurais plus à savoir ce qu'avait osé lui dire son patron et ce qu'elle comptait bien lui répondre lundi. Enfin j'avais laissé tous mes problèmes à Paris, pour n'embrasser que le dépaysement londonien dans son intégralité, et même si, au pire, je ne trouvais dans cette ville que du brouillard et des gaz d'échappement, je les prendrais aussi et les serrerais contre mon cœur, peu importait, du moment qu'ils fussent locaux.

Enfin.

Je soupirai d'aise. Le type de l'accueil me remit une clé en m'indiquant le numéro de notre chambre, précisant avec un sourire énigmatique que nous avions été surclassés dans la plus belle de l'hôtel, avec fleurs et chocolats, suite au coup de fil de… je ne compris pas la suite, car il avait parlé trop vite. Et impossible de lui faire répéter, maintenant que je tenais la clé il venait de prendre un appel. Peu importait, c'était formidable ! J'attrapai le sac de voyage, et hélai mes garçons.

En réponse, Nestor soupira : « Enfin ! » en se précipitant dans la direction inverse, vers une jolie rouquine qui venait d'apparaître sur le seuil de l'hôtel.

Elle était suivie par son frère et son père. Son père que je reconnus immédiatement.

Cette petite taille, ces cheveux grisonnants coupés trop court, ce râtelier jaunâtre et partiellement faux, ce visage sévère parcouru de rides profondes, ces sourcils noirs et épais comme deux chenilles hirsutes barrant son front. Ce petit rictus supérieur. CE RICTUS.

Mon Dieu non, pas lui. C'était une blague, une caméra cachée. Oui, c'était ça, une caméra cachée. En ce moment même, des gens devaient me scruter derrière un écran de contrôle, et guetter ma réaction pour pouvoir s'esclaffer ensuite.

C'était obligé.

C'était…

C'était l'odieux prof principal de Noé.

— Bonsoir, fit-il en s'avançant vers moi, main tendue. Je suis Camille, le papa d'Hermine et de Robinson. Mais nous nous sommes déjà rencontrés, je crois.

Je serrai ses gros doigts poilus sans comprendre, mécaniquement, téléguidée par un réflexe limbique de politesse.

Il contempla ses enfants, frictionna la tête de son garçon et mit une petite claque affectueuse sur l'épaule de sa fille, qui nous snoba en pianotant sur son portable noir.

Puis il lança :

— Nous venons également d'arriver. Bienvenue à Londres !

Je restai coite, interdite.

Camille était un homme ? Camille était CET homme ?

M'enfin ?!

6

Samedi

Spirit move me
Every time I'm near you.
Barry Manilow –
« Could It Be Magic »

8 h 15

— Maman, j'te jure pour la dixième fois que j'le savais pas !

— Ça va, je te crois. Mange ton pancake.

— Mais, maman !

— J'ai pas envie de discuter. (Je me contredis aussitôt, évidemment.) C'est tellement logique ! Tu es fou amoureux de la fille du prof principal de ton frère, tu manigances pour qu'on passe avec elle et sa famille le SEUL moment de détente que je peux prendre depuis l'invention du massage dans l'Antiquité grecque, et bien sûr tu ne le savais pas. Crédibilité 2000. Et tu ignorais aussi que Superman était Clark Kent et que Dark Vador s'était reproduit, tant qu'à faire.

Nestor gigotait sur son siège. Il semblait sincère,

mais j'étais bien trop remontée contre lui pour l'écouter d'une oreille équitable.

— Maman ! Comment tu voulais que je le sache ? Hermine et son frère portent le nom de famille de leur MÈRE ! Elle doit avoir tellement honte de la réputation de bourreau de son père, la pauvre, que c'est pour ça qu'elle cache son lien de parenté au collège… Elle n'a jamais précisé que le Camille en question c'était Lefevbre !

— Noé, tu étais au courant qu'on allait se retrouver avec ton prof principal ?

— Tu rigoles ? J'aurais entamé une grève de la faim si j'avais su qu'il venait !

La salle se remplissait doucement. Les gens se voyaient accueillis par des serveuses affables, toniques et bloc à la main, prêtes à prendre leur commande. L'endroit, avec ses robinets à bière dorés et bien alignés, donnait envie de s'installer devant une pinte. C'était un établissement à l'ambiance rétro un peu surannée, avec des moulures au plafond, un immense bar en bois brun ouvragé qui trônait en son centre, des lampadaires début du siècle dernier qui éclairaient sans agresser cette grande pièce un peu sombre. On se serait presque cru dans les années trente.

— Bon. Les enfants.

Je pris une grande inspiration, découpai un morceau du bacon frit qui se trouvait dans mon assiette près d'une omelette aérienne et de champignons sautés, l'engloutis, et déclarai :

— On ne va pas se prendre la tête. Ce qui est fait est fait. Maintenant on va embrayer. Nous ne sommes pas en voyage scolaire, là. Le prof vit sa vie, et nous la nôtre. Chacun est libre d'aller où il veut et ça tombe bien, puisqu'on a une ville entière à explorer.

Noé acquiesça, Nestor continua de siroter son smoothie frais en mordillant sa paille.

— Donc je propose que, pour commencer, on attaque par le Muséum d'histoire naturelle, et…

— HEY, PAR ICI !

Main droite levée, Nestor faisait signe au trio qui venait juste de pénétrer dans le pub où nous prenions notre petit déjeuner. Le pub collé à l'hôtel. Le seul pub de toute la ville où je n'aurais jamais dû m'arrêter.

Devant mon air ahuri, la partie traîtresse de ma chair se justifia à voix basse :

— Ben quoi, maman ? C'est pas grave, on a une table ronde…

Camille Lefebvre, sa fille, la grande rousse bêcheuse qui rengainait son portable gris dans sa poche, et son fils, aussi lunetteux que le père, nous aperçurent, et fondirent sur nous comme l'herpès sur une muqueuse saine.

— Bonjour à tous, lança le père de famille comme s'il investissait une estrade. Comment allez-vous ? Bien dormi ? Pas trop fait de cauchemars ? continua-t-il avec un regard sournois, en s'installant à notre table sans l'ombre d'une hésitation, entouré de son escorte de gnomes.

Comme si nous n'attendions que lui. Sauf que nous n'étions pas à la cantine, là. Je n'avais pas à partager d'office avec cet homme un banc fourni par l'Éducation nationale. Et puis je trouvais son entrée en matière un brin familière. Mais il me fallait donner l'exemple à mes enfants, alors je me résolus à rester polie.

— Tiens, bonjour monsieur Lefebvre. Bonjour Hermine. Bonjour Robinson.

Et ce fut tout.

Impossible d'aller au-delà de cette salutation minimaliste. Je faisais bonne figure, mais il ne fallait pas trop m'en demander non plus. La présence de cet homme à ma table me coupa l'appétit. Je reposai mes couverts, et tentai de communiquer par télépathie avec mes fils, pour qu'ils en fassent de même et que nous puissions quitter les lieux au plus vite.

Mais le mouvement éloquent de mes globes oculaires constituait un langage qu'ils n'entendirent pas, et ils continuèrent à grignoter, tête baissée et épaules rentrées pour Noé, air crétin d'amoureux transi pour Nestor.

Une serveuse s'approcha pour prendre la commande du trio d'envahisseurs. C'était une jeune fille âgée d'une vingtaine d'années, avec des cheveux châtains coupés court, une mèche qui lui tombait dans l'œil et des taches de rousseur grillées sur les pommettes. Robinson, onze ans, des lunettes à double foyer sur le nez et un appareil dentaire sous les gencives, recula sa chaise discrètement et se pencha presque à l'horizontale, pour observer plus confortablement les fesses de la serveuse. Il les mata en hochant la tête l'air satisfait tout en paluchant son menton glabre, estimant sans doute à sa juste valeur la qualité du panorama que la vie lui offrait.

Devant le spectacle de ce petit pervers qui agissait pépère, je restai bouche bée. Personne autour de la table ne s'en était ému, car j'étais la seule à l'avoir remarqué.

Camille, son père, scruta le menu un instant, puis le reposa et tendit son doigt en direction de mon assiette, si près qu'il la toucha presque. Son index à l'ongle trop long me répugna.

— Je voudrais savoir ce que mange la dame ? demanda-t-il dans un anglais scolaire.

La jeune serveuse lui expliqua qu'il s'agissait d'un *English breakfast*, un petit déjeuner anglais.

— Ne me donnez surtout pas ça ! C'est plein d'huile et de graisse…

Bizarrement, il avait prononcé cette phrase-là en français.

S'ensuivit un baragouinage d'associations de mots et de verbes approximatifs, laissant entendre qu'il ne prendrait qu'un café, et ses enfants un bol de porridge.

— Mais, papa, je déteste le porridge ! s'écria Hermine en tapant du poing contre la table.

— Oh, mais vas-y, ma fille, choisis autre chose…

Il se pencha vers elle et termina d'une voix glaciale :

— … Du moment que tu peux te le payer.

La gamine, qui un instant plus tôt louchait sur mon assiette les narines frémissantes, se renfrogna en croisant les bras. Elle maugréa quelque chose à propos de la radinerie de son père qui ne lui donnait même pas d'argent de poche, et c'est à cet instant que je percutai un détail. Son âge. Cette fille avait au moins quinze ans. Peut-être même seize.

Soit trois ans de plus que mon Nestor énamouré, ce gros bébé qui lisait encore *Picsou magazine* en cachette, à l'âge où d'autres s'escrimaient à raser les duvets de leur barbe en priant pour qu'ils repoussent enfin en poils.

Aussitôt, l'un des deux hommes de ma vie, celui qui en aimait une autre, me tira par la manche pour me glisser à l'oreille :

— Psstt, maman, vite, prête-moi un peu d'argent, s'il te plaît…

Je lui répondis sur le même ton à peine perceptible :

— Il n'en est pas question.

— J't'en supplie… !

— J'ai dit non, chut…

Je n'allais tout de même pas entrer en confrontation directe avec le prof de son frère. Et pourquoi pas agiter une serviette rouge directement devant Noé en clamant « olé ! », pendant qu'on y était ?

Allez, allez, un peu de gruau ne fera pas de mal à cette petite grue.

Camille, qui nous avait vus chuchoter, intervint d'une voix forte :

— Pardon ? De quoi s'agit-il ? Des messes basses ? Aaah, mais vous n'allez pas nous laisser dans l'ignorance, vous allez partager avec nous le fruit de vos palabres, tout de même…

Je sursautai comme une gamine ayant commis un affront intolérable envers le président de la République, et non comme une jeune femme qui s'était penchée un instant sur la tête de son gosse, tandis que le quinquagénaire terminait sa phrase par un petit rire qui ressemblait au bruit que fait un asthmatique avec sa gorge, quand il est en train de suffoquer.

— Non, ce n'est rien, heu… mon fils me disait juste que, heu…

— Oui ?

Attentif et se régalant visiblement de ma gêne, il croisa les mains devant lui et me fixa droit dans les yeux. Un peu désorientée, je baissai les paupières, me repris, et déclarai :

— Mon fils me disait juste qu'il avait fini son petit déjeuner, et que nous pouvions y aller.

— Ah bon ? Et par où allez-vous commencer votre visite, dites-moi…

— Eh bien on n'a pas encore vraiment décidé... On avisera en chemin.

Voilà. Permission de sortie auto-accordée.

J'attrapai mon sac accroché au dossier de ma chaise lorsque Nestor, qui n'avait heureusement jamais travaillé comme espion pendant la guerre sinon nous l'aurions perdue, me corrigea :

— Si ! On a dit qu'on irait au Muséum d'hist...

Vive comme l'éclair, je lui mis un coup de pied dans les mollets pour le faire taire.

— ... oire naturelle, maman.

Noé sursauta et fit « aïe-euh ! », me rappelant ainsi la difficulté qu'il y avait à viser la bonne personne en shootant à l'aveuglette sous une table.

— Le Muséum d'histoire naturelle ? Quelle riche idée ! Qu'en dites-vous, les enfants ?

Camille posa la question à sa descendance sur un ton qui n'appelait pas vraiment à la contradiction. Il ne semblait pas être le genre d'homme prêt à soupeser une réponse du genre « Oh non, papa, nous, on voulait plutôt aller faire les soldes chez Harrod's ! ».

— Nous l'avions effectivement évoqué, repris-je, mais nous avons changé d'avis depuis, et...

— Pourtant, m'interrompit-il, ce ne serait pas du luxe pour Noé de se cultiver un peu. Il me semble que sa moyenne laisse à désirer en histoire, en sciences, en anglais... J'avais même évoqué un redoublement possible, je crois, non ?

Sa réflexion me glaça, surtout quand j'aperçus le visage de mon petit bonhomme se décomposer. Non mais de quel droit cet individu se permettait-il de venir s'asseoir à notre table – alors que les deux tiers de notre famille ne l'y avaient pas convié – et nous rendre la journée aussi agréable qu'une veille d'examen ? Ses menaces à peine voilées me firent frissonner comme si je m'étais passé une calculatrice scientifique sur tout le corps.

S'il ne s'était agi que de moi, je lui aurais expliqué où il aurait pu se les ranger, ses os de tricératops. Mais il s'agissait de mon fils. Mon tout-petit. Mon précieux. Mon fragile. Et, en toute objectivité, c'est vrai qu'il n'avait pas complètement tort. Un peu de culture n'a jamais fait de mal à personne.

Cet homme manquait certes cruellement de délicatesse, et la psychologie était une notion dont il n'avait pas été prévenu qu'elle pouvait être utile dans les rapports humains, mais c'était un professeur avant tout, et il n'oubliait pas les priorités.

— Écoutez, comme je vous l'ai dit le jour de notre entrevue, monsieur Lefebvre…

— Je vous en prie, appelez-moi…

— Camille, d'accord…

— … « monsieur » tout court.

Je toussai.

— Oui, donc, comme je vous l'ai dit, monsieur, je ne tiens pas à ce que mon fils redouble, et je suis persuadée qu'il fera les efforts nécessaires pour remonter ses moyennes d'ici la fin de l'année scolaire. Je vous conjure de lui permettre de vous le prouver.

Qu'est-ce qui m'arrivait ? Voilà que ma voix tombait dans les graves, comme une petite fille effarouchée craignant de s'exprimer de façon intelligible. D'ailleurs, était-ce vraiment ma voix, ce petit bruit chevrotant et misérable qui s'échappait de ma bouche ?

— Sinon, poursuivit-il avec autorité sans s'émouvoir le moins du monde de mes suppliques pathétiques, nous comptions également faire le Science Museum, l'Imperial War Museum, et, pour nous détendre un peu ensuite, la Tate Modern, voilà...

Tiens, il avait parlé de « détente » ? Je sautai sur l'occasion pour faire un trait d'esprit qui, je l'espérais, détendrait lui aussi un peu l'atmosphère.

— Ah, c'est marrant, ça, je racontais justement à ma copine Suzie ma conception de l'art moderne : pour moi, c'est la forme ultime de l'humour ! Avant, quand on payait un comique, c'était pour qu'il NOUS fasse rire en se fichant de LUI. Avec l'art moderne, on paye un comique pour qu'il SE fasse rire en se fichant de NOUS, hahaha...

Silence dans la salle.

Regard consterné du prof.

Shame on me.

Je toussai.

— Bon, ben, on va vraiment vous laisser, cette fois… (Plus bas :) Allez, les garçons, on y va…

Empressée, je me redressai et ils se levèrent de leur siège également. À contrecœur pour Nestor qui ne quittait pas des yeux Hermine, laquelle lui balançait des regards si incendiaires que je me serais brûlé la main si je l'avais passée devant. Le cœur léger pour Noé qui arborait le même sourire que le jour de son anniversaire, quand il a déballé son cadeau et découvert que je lui offrais la saison 2 de *Downton Abbey*. (Ma série préférée devenue la sienne.)

Je sortis un billet de ma poche, le déposai sur la table, et la serveuse apporta le café avec les bols de porridge au moment précis où nous nous enfuîmes.

9 h 05

Reçu un SMS de Suzie, qui m'a remplie de joie comme une coupe de champagne se remplit de mousse lorsque je l'ai ouvert. Il disait : *Séparation effectuée. Stop. Ex a quitté l'appart. Stop. A emménagé chez sa nouvelle maîtresse. Stop. La pauvre. Stop. J'ignorais qu'il avait une maîtresse. Stop. Youpi. Stop. Rapprochement effectué avec le beau Gyslain. Stop. A réalisé que je lui manquais quand j'ai cessé de venir le voir. Stop. N'a pas voulu me perdre moi aussi. Stop. M'a guettée jusqu'à ce que je repasse par hasard devant sa boulangerie. Stop.*

Puis m'a invitée à dîner. Stop. Preuve en pièce jointe. Stop. N'ai jamais été aussi heureuse… pourvu que ça ne stoppe jamais.

Et, en dessous, un autoportrait en duo shooté à bras levé depuis un téléphone portable. Lui, avec ses yeux bleu lagon ourlés d'épais cils bruns, ses cheveux presque noirs coupés court, et sa bouche fine au sourire ravageur. Il l'enlaçait avec tendresse et on pouvait déceler, rien qu'au regard sincère qu'il posait sur elle, combien il était fait pour la rendre heureuse. Elle, irradiant de bonheur face à l'objectif, comblée, libre et lumineuse, métamorphosée par l'amour comme une plante redevenue belle car exposée à nouveau aux rayons d'un soleil.

— Maman, tu pleures ?

— Ouais, dis-je en m'essuyant le nez d'un rapide coup de manche. Je pense à tes notes.

J'éclatai d'un rire mouillé devant son air penaud, rangeai mon portable dans ma poche, et attirai mon Noé pour l'embrasser sur les cheveux. Il se détendit instantanément.

— Oh, ça va, si on peut plus rigoler…

11 heures

On tenait bien notre programme, là. Nestor était aux commandes du plan de la ville sur papier, Noé pilotait les pages d'un *Guide du Routard* qui nous servait de Bible, et moi, tel un pirate à l'abordage de la capitale britannique, j'entraînais mes troupes d'un pas vif à la découverte de nouveaux horizons. Avec nos bondissements d'enthousiasme et nos croassements d'exaltation, les *froggies* n'avaient jamais si bien porté leur nom.

Sus aux clichés ! Nous n'eûmes pas peur de les affronter un à un pour nous en repaître avec un ravissement authentique.

Parfaitement ! Des photos prouvèrent que nous eûmes des coups de fil à passer depuis les cabines téléphoniques rouges londoniennes. Notre bouche exagérément ouverte sur les clichés attestant des folles conversations que nous y échangeâmes avec nous-mêmes.

D'autres photos indiquèrent combien il fut impératif d'envoyer du vent par la poste, dans une de ces immenses boîtes aux lettres rouges si follement typiques du coin. Noé y glissant sa main vide, l'expression aussi naturelle que celle d'un vendeur de voitures sur une affiche de pub, Nestor tête penchée faisant un « V » de rappeur avec ses deux doigts.

Un tour par Saint James's Park nous permit de nourrir des écureuils hardis, qui n'hésitèrent pas à nous grimper jusqu'au mollet pour récupérer les bouts de pain que nous leur tendions en retenant nos hurlements de rire. Puis à nous faire courser par des oies gloutonnes qui réclamaient leur part. Osmose avec la nature, biture d'oxygène, contact avec les besoins fondamentaux des animaux, qui changeaient tant de ceux auxquels Paris nous avait habitués (le ramassage au kleenex des crottes de chiens ou les baffes faites aux moustiques, par exemple).

Nous demandâmes notre chemin à un Bobby moustachu, vêtu d'un uniforme bleu marine et coiffé de son casque chapeau melon qui lui donnait l'air d'avoir été adoubé par John Steed.

Il nous indiqua courtoisement la direction de l'abbaye de Westminster, édifice grandiose qui avait vu passer tous les mariages royaux depuis Guillaume le Conquérant. Nous nous y perdîmes avec recueillement.

Et évidemment, forcément, comme les vrais touristes français qu'ils étaient, les garçons n'ont pas manqué de faire les clowns pour dérider les soldats postés devant Buckingham Palace, juste avant la relève de la garde. Formellement interdit. Donc délicieusement transgressif. Et c'est peu dire combien les plus déridés ne furent pas ceux que nous crûmes.

12 h 30

Entrant dans un Mc Do, Nestor fit un pari avec son frère. Il le savait plus timide que lui, pourtant Noé releva le défi : il se présenta au comptoir, et commanda un Mac Beth.

Quand le jeune équipier lui fit répéter, il insista : s'ils n'avaient pas de Mac Beth, il se contenterait d'un Mac Lesggy. Comme le pauvre garçon ne comprenait évidemment rien à ce que voulait cet étrange petit Français, Noé quitta le restaurant en clamant que, puisque c'était ainsi, il irait acheter son Mac Arena ailleurs. Et il fit discrètement un *high five* à son frère en empochant ses cinq livres sterling.

J'adorais mes gosses.

12 h 45

Trêve de rosbifs, nous partîmes à l'assaut d'un simple *fish and chips* que nous avalâmes sur le pouce. Renforcés de l'estomac, nous fûmes prêts à nous mesurer à nouveau à la si peu perfide Albion, qui nous réjouissait si loyalement. Messieurs les Anglais, nous ne nous tirerons pas les premiers : il faudra nous renvoyer chez nous à coups de pied !

Je me pris à rêver, l'espace d'un court instant, à un déménagement sous ce climat plus vieux. Mais je me réveillai aussitôt : on ne lâche pas la proie pour Londres.

Inutile de jouer à la Don Quichotte qui traverse la Manche. On savait bien ce qui lui était arrivé, à ce pauvre illuminé.

13 h 15

Un bus rouge à impériale, un *double decker* au sommet duquel nous fûmes les rois incontestés de la ville, saluant leurs humbles sujets par les mouvements de main que la reine d'Angleterre nous avait appris, nous déposa sur Oxford Street. J'en profitai pour acheter une théière en porcelaine anglaise pour Naraé, une paire de boucles d'oreilles en forme de Big Ben pour Suzie, un pendentif représentant un iris bleu et sa pupille, clin d'œil à ma Prunelle, et un caleçon pour Léonard, avec l'Union Jack imprimé dessus, histoire de compléter sa collection de caleçons fétiches qui semblait lui tenir à cœur.

Nous marchâmes jusqu'au British Museum. Son exploration au pas de charge nous prit presque deux heures, puis, repus de nourritures spirituelles, nous remontâmes en métro jusqu'à Piccadilly Circus, nous faire clignoter dessus par des dizaines d'enseignes publicitaires lumineuses déjantées.

Toutes ces suppliques colorées, tous ces appels à l'offre désespérés, toutes ces invitations forcenées, nous donnèrent finalement envie de consommer.

Ça tombait bien, j'avais prévu le coup.

15 h 42

Place aux nourritures terrestres. Leicester Square était à deux pas. Nous les fîmes donc en direction du parc d'attractions de la pastille, du Disneyland du chocolat, de l'immense M&M's World qui… ho ? Allô ? Ils étaient où, là ?

Le contact avait été rompu avec mes jumeaux. Mon boys band venait de plonger tête la première dans le plus grand magasin de bonbons du monde comme on plonge dans… eh bien… dans le plus grand magasin de bonbons du monde, par exemple.

16 h 40

Lorsque je parvins à en extirper mes garçons, au terme d'une négociation serrée qui me vit échanger ma carte bleue contre deux (très) lourds sachets de bonbons colorés (j'étais une négociatrice pitoyable, et ils ne l'ignoraient pas), nous nous jetâmes dans un de ces fameux *black cabs*, un taxi noir qui nous mena jusqu'à la Tour de Londres, où nous nous constituâmes prisonniers. Place aux bijoux avec mes voyous. Ceux de la Couronne ne les fascinèrent pas, ils avaient encore en tête ceux des caries.

À la fin de la visite, nous décidâmes de rentrer à pied jusqu'à l'hôtel.

18 heures

Le jour n'allait pas tarder à décliner, et le soleil nous accorder un époustouflant coucher le long de la Tamise. Depuis le Tower Bridge, un pont à l'architecture démente de beauté, nous remontâmes le nez au vent jusqu'au London Eye, fameuse grande roue qui venait de s'illuminer pour prendre le relais du crépuscule. Et ainsi jusqu'à Big Ben, l'immense horloge enveloppée d'un halo de lumières orangées, dont la cloche carillonna pile au moment où nous la contemplions.

19 h 30

Nestor et Noé marchaient bras dessus, bras dessous, singeant des gentlemen anglais en balade, ou plus exactement l'image qu'ils s'en étaient figurée d'après les bouquins de Conan Doyle.

Noé : — Eh bien, mon cher collllègue, avez-vous passé une bonne journée ?

Nestor : — Excellllente, mon cher collllègue, et vous-même ?

Noé : — *Dellllicious*, mon cher collllègue, je vous remercie.

Nestor : — Je vous en prie, mon cher collllègue.

Noé : — Non, c'est moi qui vous remercie, mon cher collllègue.

Nestor : — Que nennnni, mon cher collllègue.

Noé : — Permettez-moi d'insister, mon cher collllègue.

Au trentième « mon cher collllègue », mon sourire attendri se transforma en une grimace irritée. Si j'avais cru un instant qu'ils venaient de découvrir le comique de répétition, je réalisai en fait qu'ils venaient juste d'inventer le comique d'aliénation.

21 heures

Cette première journée s'était révélée magique.

Cela faisait combien, mille ? Deux mille ans, que je ne m'étais pas autant rapprochée de mes enfants ? Que je n'avais pas profité d'eux en dehors d'un contexte quotidien ? Qu'ils n'avaient pas disposé de moi en dehors d'astreintes routinières ?

Cela faisait combien, cent ? Deux cents ans, qu'ils ne m'avaient pas entendue rire aux éclats, que je n'avais pas remarqué combien ils avaient grandi, combien ils étaient devenus autonomes, débrouillards et malins ?

La mégère s'était apprivoisée. Impression grisante de retrouver une vieille copine perdue de vue depuis longtemps. Une fille libre, curieuse et insouciante, trop longtemps engoncée dans un épais manteau de responsabilités suffocantes. Sensation bluffante de pouvoir partager avec la même candeur l'enthousiasme de leurs découvertes. De poser un regard d'enfant sur ce que vivaient mes propres enfants.

Instants de sérénité planante. Crampes de rire. Provision de souvenirs heureux.

Jusqu'à ce que mon Nestor, mon fils, ma canaille, veuille regarder l'heure, pâlisse, et cache rapidement son poignet derrière son dos.

Un geste qui ne m'avait pas échappé.

Alors je levai un sourcil et lui demandai :

— Elle est où, ta montre ?

22 h 15

Si j'avais voulu me reconvertir et trouver un job en Angleterre, je crois que j'aurais fait un excellent prof de français. Tous ceux qui ont assisté à la crise de nerfs que j'ai piquée en pleine rue seront de cet avis. *Lesson one* : savoir exprimer sa colère.

Les veinards ont eu droit à toutes les nuances : stupéfaction, vociférations, déception, et même la version italienne (avec la gestuelle qui dit « ma quécequé jé fait au ciel por mérrriter çaaa, ma porrrquoi il mé fait ça à moaaa ? »).

On verra plus tard pour la *lesson two* : pardonner.

La montre que je lui avais achetée pour ses dix ans. Pour habiller son poignet de petit mec, lui qui atteignait déjà le mètre quarante à l'époque. Une vraie montre d'homme, en acier brossé, avec un cadran doré. (Son frère avait eu la même avec un cadran argenté.) Une montre de haute précision avec tellement de fonctions qu'il n'aurait pas trop des dix années à venir pour apprendre à toutes les maîtriser.

Ce petit con l'avait OFFERTE.

Carrément. Il avait offert mon cadeau. MON CADEAU.

Il avait offert le collier de perles fines que je tenais de son père, et dont je m'étais séparée pour pouvoir leur faire à lui et à son frère ce présent marquant leur entrée dans une nouvelle décennie.

Je finis par me calmer en marchant, d'autant que Noé, pragmatique et protecteur, vola au secours de son double en me rappelant qu'il n'avait pas menti. C'est vrai, il aurait pu prétendre l'avoir perdue pour échapper à mon courroux. À la place, il avait assumé et joué franc jeu, il méritait donc des gueulantes en sourdine. Bien.

Je rangeai ma fureur dans ma poche, tout au fond, et lorsque nous fûmes de retour dans notre chambre, assis sur nos lits, je commençai son interrogatoire d'une voix posée.

— Allez, je t'écoute… À qui tu l'as donnée ?

— À Hermine. La fille du prof de Noé.

— Je sais très bien qui est Hermine, mais pourquoi as-tu fait ça ? Elle te l'a rackettée ? Elle t'a obligé à la lui filer ? Tu peux tout me dire, je t'assure, mon bébé, je suis là pour te protéger… Parle-moi…

— Eh ben… non… En fait, elle a juste voulu l'essayer. Après, elle a trouvé qu'elle lui allait trop bien, et puis elle m'a dit qu'elle trouvait trop classe de porter une montre d'homme… Elle voulait plus la retirer, tu comprends, elle insistait tellement pour que je la lui donne, mais moi je voulais pas, je lui ai dit que j'allais me faire massacrer… Et puis après… Heu… Elle a proposé de me l'échanger.

— Ah bon ? Contre quoi ?

Nestor, mal à l'aise, se balançait d'un pied sur l'autre en fuyant mon regard. Je le vis devenir de plus en plus rouge, au fur et à mesure que je pâlissais moi-même… Non, ce n'était pas possible, il était trop jeune, il…

— Quand ça, Nestor ? demandai-je d'une voix blanche. Ça s'est passé quand ?

— Vendredi soir…

— Mais nous étions tous ensemble, à l'hôtel !

— Sauf que tu as appelé la réception, pour demander qui t'avait offert les fleurs et les chocolats dans la chambre. Ensuite t'étais tellement contente que tu t'es allongée sur le lit pour envoyer des textos de remerciements à Léonard. T'as même pas fait gaffe quand je t'ai dit que je sortais cinq minutes pour aller chercher des glaçons…

Je rougis, penaude. Noé marmonna :

— Ah, c'est pour ça qu'il a mis autant de temps à revenir…

Je pris la main de mon fils dans la mienne, et la tapotai machinalement.

— Et tu… tu… heu… tu t'es protégé ?…

— Oui, oui, t'inquiète pas, maman. On s'est bien cachés.

— Ah bon… ? Tu avais ce qu'il fallait sur toi ?

— Ben non, quand même. J'allais pas mettre ma brosse à dents dans ma poche. Tu délires !

Je mis quelques secondes avant de réaliser de quoi me parlait cet enfant. Puis j'expirai brusquement, au moment même où lui aussi identifiait le malentendu.

— Heu… t'as quand même pas cru qu'on

avait couché ensemble ? me demanda-t-il, goguenard.

— Qui, moi ? Non… non, pas du tout…

— Hermine, c'est pas du tout ce genre de fille, tu sais.

Non, mon amour. Hermine, c'est juste le genre petite manipulatrice qui a échangé un bijou qui m'a coûté un rein contre un baiser qui lui a coûté un rien, mais tu comprendras ça dans quelques années.

— Bon… maintenant on arrête les conneries. Je veux que tu ailles voir cette fille, et que tu récupères ta montre.

Mon fils s'affola.

— Arrête, maman ! Elle me la rendra pas. Laisse tomber. J'ai fait tout ce que j'ai pu. Si j'insiste encore, ce sera trop la honte ! Je vais passer pour un crevard…

— Dans ce cas, c'est bien simple, je vais la réclamer à son père.

Noé secoua la tête, Nestor confirma :

— Elle dira que c'est un cadeau ! Si tu fais ça, il risque de super mal le prendre et de se venger sur Nono en classe… j'te jure. Tu l'connais pas !

— Moi je dis surtout que vous êtes de gros paranos. Je l'appelle.

Et, joignant le geste à la parole, je décrochai le téléphone, composai le numéro de la réception, et demandai à parler à la chambre de la famille Lefebvre. Que j'obtins.

Rendez-vous fut pris pour le petit déjeuner du lendemain matin.

Où je commanderai une tournée générale de porridge, je me le promis, histoire de tous nous mettre dans de bonnes dispositions.

7

Dimanche

Rien n'y fait, menace ou prière
L'un parle bien et l'autre se tait.
Georges Bizet
– *Carmen*

8 h 30

Ils avaient une demi-heure de retard.

Une demi-heure ! Sachant que nous voulions profiter, exploiter, jouir de chaque minute de cette dernière journée londonienne, ce retard me parut aussi inconvenant que dilapidé.

Mais ils faisaient quoi pour mettre autant de temps ? Ils essayaient toutes les fringues de leur valise ?

Quand, enfin, j'aperçus la silhouette du trio au seuil de la porte du pub où nous étions installés, je lâchai un soupir.

Allez, hop. On mange, on récupère la montre, et on file.

— Hey, bonjour ! lançai-je, avenante, les gratifiant même d'un clin d'œil. Alors comme ça, vous êtes restés à l'heure de Paris ? Hahaha…

Camille s'approcha de notre table, sans un sourire. En terrain conquis. Il nous salua d'un hochement de tête, ne releva pas ma remarque, ne s'excusa évidemment pas de nous avoir fait attendre, s'affala sur sa chaise, et fit signe à la serveuse d'approcher.

Hermine, vêtue d'un jean si moulant qu'elle devait le porter depuis l'âge de huit ans, ignorait ostensiblement Nestor, lequel semblait apprendre par cœur chacun des cheveux sur son crâne, chacune des ombres dessinées sur son petit top faussement sage, chacun des mouvements que faisaient ses mains baguées jusqu'aux pouces.

À son poignet, je reconnus la montre de mon fils.

J'eus envie de la lui arracher. Mais on ne fait pas toujours ce qu'on veut, dans la vie, alors je temporisai.

Noé, lui, était mal à l'aise. Il redoutait la confrontation entre son prof et sa mère, espérant que j'en finisse au plus vite, pour que nous puissions enfin aller visiter les studios d'Harry Potter.

Heureusement la serveuse, la même jeune fille que la veille, fondit sur notre table, carnet à la main. Elle était vêtue d'une jupe ultra-moulante et d'un top en coton qui dévoilait la naissance de ses seins. Cette fois, je fixai aussitôt Robinson, dont le sourire lubrique me laissa penser qu'il était heureux de la retrouver.

En réalité, ce fut pire.

Sans se cacher de personne, le gamin allongea le bras et s'en alla, le plus simplement du monde, poser la main sur la croupe de la jeune Anglaise. La fille bondit sur place et fixa Robinson avec des yeux qui lui sortaient de la tête. Stupéfaite par une telle audace, elle ouvrit la bouche pour s'adresser à son père, mais le garçon l'interrompit en minaudant des « *Sorry ! Sorry !* J'ai pas fait exprès, hihihi... » qui me consternèrent par leur hypocrisie. D'autant que, pour couronner le tout, le père tenta de calmer la serveuse par des « OK, OK... *Calm down*... Il l'a pas fait exprès, il vous dit... Allez, allez... » insupportablement méprisants.

La fille, furieuse mais qui devait avoir besoin de garder son job, prit notre commande et tourna les talons. J'entendis qu'elle nous traitait en anglais de « sales cochons de Français », tout en s'éloignant à pas vifs.

Ah, zut. Si elle s'apprêtait à cracher dans l'assiette du vicelardon ou de son père, j'espérais vraiment qu'elle ne la confondrait pas avec les nôtres.

Devant la nonchalance de la réaction de Camille, je me mis à bouillir. J'étais serveuse, moi aussi, je connaissais l'humiliation que pouvait nous faire subir un client indélicat. D'accord cela ne me concernait pas, mais allez expliquer ça à ma langue : même pas le temps d'accélérer jusqu'à son septième tour dans ma bouche, que je me mis à intervenir.

— Oui, enfin… en même temps, Robinson a été un petit peu cavalier, non ?

Il balaya la réflexion d'un geste agacé de la main.

— Oh, ça va, on ne va pas faire un fromage des tentatives de séduction, certes un peu maladroites, mais somme toute bien innocentes, d'un gamin de onze ans.

Tais-toi, Brune. Ne réponds pas à cette énormité. Change de sujet. Laisse-le déguster ses pancakes au goût de glaires, et embraye.

Mais autant demander à Céline Dion d'arrêter de chanter.

— Je ne suis pas tout à fait d'accord avec vous, cher Cam… heu, cher monsieur… Hum.

Je toussai dans ma main, pour m'éclaircir la voix, avant de reprendre :

— Le principe de la séduction, c'est de donner envie à l'autre d'avoir envie de soi. Cela suppose des efforts, qui ne sont certes pas toujours couronnés de succès, ce qui peut impliquer un râteau, donc une frustration. Que fait un agresseur ? Il ne s'embarrasse pas de ce risque d'échec, puisqu'il ne demande pas la permission : il va, et il prend. Pour lui, la femme n'est pas un objet de désir, elle est un objet tout court… Et permettez-moi de souligner que Robinson ne s'est pas exactement comporté comme un séducteur…

— Mais qu'est-ce que vous me racontez, avec vos grands discours moralisateurs ? Vous parlez d'un inoffensif GAMIN, là ! Qui a juste témoigné son intérêt à une petite serveuse, qui doit en voir de bien pires toute la journée, vu les types bourrés et libidineux qu'elle doit s'astreindre à servir, hein, avec sa petite jupe moulante, là…

Camille, en me toisant d'un regard noir, entreprit de détailler ma tenue. Voulant être à l'aise pour la grande journée de marche qui nous attendait, j'étais vêtue simplement et confortablement : baskets, jean, gros gilet rouge en coton et queue-de-cheval haute.

Message reçu, je contre-attaquai avec ironie.

— Pardon, vous avez raison. Je n'y avais pas pensé. C'est vrai qu'elle n'aurait jamais dû porter cette jupe moulante. Et avoir cette attitude chaleureuse en nous accueillant. Quelle petite sotte, si elle avait pu éviter d'être jolie, en plus, ça aurait arrangé tout le monde. Et puis, tant qu'à faire, il y en a qui se feraient moins remarquer en naissant directement hommes, vous ne trouvez pas ?

— Vous êtes grotesque.

— Mais, enfin, vous ne comprenez donc pas que, pour une femme, les gestes de plaisir et d'agression sont exactement les mêmes ? Un baiser reçu d'un homme pour qui son cœur bat est un délice, un baiser reçu d'un inconnu est une brutalité… Une caresse reçue de celui qu'elle espère est un enchantement, une caresse reçue contre sa volonté est une violence… Il n'y a aucune manière au monde de justifier que l'on puisse prendre à autrui ce qui lui appartient, sa dignité, l'intrusion dans son espace intime, sans lui demander son avis avant !

Camille, yeux baissés sur ses mains jointes devant lui, visage tendu et rides creusées, se résolut enfin à répondre dans mon sens. Ce n'était pas trop tôt.

— Ah, mais la politesse… Les bonnes manières, les convenances, la courtoisie… c'est fini, tout ça. Les parents n'éduquent plus leurs gosses. Terminé. Pfioutt. Ils s'en lavent les mains.

Et, pour illustrer son propos, il se frotta énergiquement les paumes plusieurs fois d'un air dédaigneux au-dessus de la table. Comme s'il soulignait la fatalité du comportement des ados d'aujourd'hui.

Je souris, soulagée par sa tardive prise de conscience, tâchant de paraître indulgente, alors que j'aurais bien mis une bonne fessée à son petit imbécile de fils.

— Oui, je comprends. Ça doit être difficile…

— Je ne vous le fais pas dire !

— Mais, peut-être pourriez-vous en parler avec votre ex-femme ? Vous savez, même séparés on peut continuer à communiquer pour le bien des enfants et…

Il pivota vers moi, irrité.

— Qu'est-ce que mon ex-femme a à voir là-dedans ?

— Eh bien… c'est elle qui élève vos enfants ? Vous lui en voulez de ne pas avoir su…

Décontenancée, je regardai Robinson, qui me fixait le visage posé sur les mains et les coudes sur la table, affichant un triomphant sourire de petit con goguenard.

— Mes enfants sont très bien élevés ! JE PARLAIS PLUTÔT DES VÔTRES !

Sa voix s'était élevée d'un coup, faisant taire un instant les conversations alentour.

La salle entière nous fixait, fourchettes levées et tasses au bord des lèvres, instant suspendu où j'aurais voulu creuser ma chaise pour aller me planquer dessous.

Très vite, les gens replongèrent le nez dans leur assiette. J'émergeai alors de nouveau dans ma conversation azimutée.

— Il est tout à fait inconvenant d'offrir un cadeau à une jeune fille, pour ensuite le lui réclamer comme un froussard en envoyant sa petite maman le récupérer. (Il avait prononcé « petite maman » avec une grimace.) Voilà, c'est dit, j'ai dit ce que j'avais à dire, maintenant, BONNE JOURNÉE.

Camille, qui pensait avoir mis un terme à la conversation, se leva de sa chaise. Ses enfants s'apprêtaient à en faire autant, mais d'une voix parfaitement calme, claire et sonore, je lui ordonnai :

— Asseyez-vous.

Devant son air ahuri, je rajoutai un « s'il vous plaît, monsieur » sur le même ton, qui décontracta imperceptiblement sa ride du lion et lui permit de se rasseoir, avec une infinie lenteur, sans trop perdre la face.

— Bien. Pour commencer, je voulais vous dire que vous aviez raison. Il est tout à fait inconvenant de demander à récupérer un cadeau qui a été fait.

Du coin de l'œil, je vis mes jumeaux pâlir et commencer à se tortiller sur leurs chaises. Ils connaissaient leur volcan de mère, et savaient que sa douceur feinte pouvait s'avérer fatale en l'espace de quelques secondes. Je décidai de ne me concentrer que sur Camille en ignorant le reste de la tablée.

— Mais, ici, on parle d'un objet pris et non pas reçu. N'est-ce pas, Hermine ?

— Papa, je rêve ? Elle me traite de voleuse, là ? demanda la gamine d'une voix grinçante.

— C'est ma fille que vous êtes en train de traiter de voleuse ?

La situation devenait critique, les esprits s'échauffaient, il fallait absolument calmer le jeu.

Alors posément, je répondis :

— Oui.

Concert de cris, de protestations outragées, de menaces, même, fusant de bouches hostiles postillonnant dans ma direction. Et moi, au milieu de toute cette agitation, je souriais, paisible, détachée, patiente.

— Bon. Ça y est ? Vous avez fini ? On n'est pas en train de parler d'une bague de fiançailles, là. D'autant que des bagues, tu as l'air d'en avoir beaucoup, Hermine, pour une fille qui a très peu d'argent de poche...

— Oui, et alors ?

— Non, rien. Je constate juste. Un peu comme ton téléphone portable, un coup il est noir, un coup il est gris...

— Qu'est-ce que c'est que ces histoires ? tonna le père en s'adressant à sa fille. Son portable est rose, je le sais, c'est moi qui le lui ai acheté ! Fais voir ton sac...

— Je l'ai laissé dans la chambre..., marmonna sa fille, en tentant de faire glisser la lanière de son sac à main de sa chaise au sol.

— Ne me mens pas, donne-moi ton sac, j'ai dit !

À contrecœur, elle le lui tendit.

Il le lui arracha presque, l'ouvrit, et pâlit à la vue de ce qu'il contenait.

Un à un, il en sortit et posa sur la table un portable gris, un noir, un iPhone, un BlackBerry, un téléphone rose, deux paires de lunettes de soleil de luxe, cinq rouges à lèvres neufs, plusieurs briquets, des tonnes de stylos de toutes les marques, et même... sa propre chevalière.

— Je croyais l'avoir perdue..., murmura-t-il en regardant sa fille, sans comprendre.

Hermine soutint son regard un instant, se passa une mèche de cheveux derrière l'oreille, croisa les bras, se voûta, s'affaissa, son menton trembla. Puis ses yeux se voilèrent, dégoulinèrent, et elle éclata en sanglots.

— Tout ça, c'est à cause de toi ! DE TOI ! Tu ne me permets jamais rien ! Tu m'étouffes, tu me tyrannises ! TU NE M'ÉCOUTES JAMAIS ! TU… tu ne m'entends jamais… Tu m'as acheté un portable rose Hello Kitty, alors que je vais avoir dix-sept ans…

Elle détacha la montre de son poignet et la balança violemment sur le ventre de son père, avant de replier ses bras sur la table et d'enfouir son visage dedans, pleurant de plus belle.

Camille saisit la montre du bout des doigts et me la rendit, sans un mot. Complètement abasourdi.

Je la récupérai et la tendis à Nestor, qui se l'attacha sans broncher lui non plus. Il n'osait plus regarder Hermine, et gardait la tête baissée.

Nous nous levâmes tous de concert, à part les Lefebvre qui restèrent à leur place.

Lorsque je passai à côté de lui en me dirigeant vers la sortie, il me sembla entendre Camille murmurer « je suis désolé », mais je n'en fus pas sûre, le bruit alentour m'empêchant de bien distinguer sa voix.

L'homme était visiblement choqué. Il me fit presque de la peine.

Mais moins que Nestor, qui avait certainement le cœur brisé.

17 heures

Nestor n'avait pas du tout le cœur brisé, finalement. Ou, s'il l'avait été l'espace d'un instant, un coup de baguette magique donné par un petit brun bigleux le lui avait restitué intact.

Nous en discutâmes sur le trajet de retour des studios Warner Bros, où mes gosses avaient fait une telle provision de souvenirs émerveillés que je savais de quoi seraient alimentés leurs rêves pour les mois à venir.

Quand je confiai à Nestor avoir détesté que son premier baiser se passe ainsi, il me répondit très à l'aise qu'il ne s'agissait pas du tout de son premier baiser. Il était déjà sorti avec une Éthel en classe de nature, une Pivoine lors de vacances passées chez son père et une Colette il y avait quelques mois de cela, même que la Colette en question s'était avérée un tout petit peu collante, lui envoyant jusqu'à aujourd'hui poèmes et mots d'amour éperdus qu'il collectionnait précieusement dans un classeur pour se la péter auprès de ses copains.

Oh my God ! Mon fils avait donc une vie sentimentale.

Une vraie, avec des filles qui embrassaient sa petite bouche de bébé que j'avais modelée dans mon ventre pour l'usage personnel de mes joues.

Je tombais des nues, et je partais de haut.

Mes pommettes s'empourprèrent sous l'effet d'une vapeur d'embarras (ou d'une giclée de jalousie possessive ?).

Noé acquiesça. Il était bien sûr au courant des histoires de son frère, et me confia dans la foulée avoir vécu une romance avec une Sixtine lorsqu'il était à cette même classe de nature, et une Fiona en début d'année, dont je découvrais l'existence aussi éberluée que le jour où j'ai appris que les acteurs dans les films s'embrassaient pour de vrai.

Imperceptiblement, les rôles s'étaient inversés. C'étaient mes fils qui me rassuraient quant à leur bien-être, et qui me consolaient d'être une mère aussi naïve, crédule et dépassée.

Braves petits.

22 heures

— Tu es où, là ? On est sur le quai de la gare, on vient d'arriver…

— Je te vois, je te fais des signes, regarde sur ta droite…

— Arrête de te la péter… Je sais bien que tu me vois, c'est ton métier !

— La chiante… Regarde à droite, je te dis !

J'aperçus ma Prunelle, gesticulant dans ma direction en sautillant dans son caban bleu marine.

Ses cheveux blonds et courts étaient coiffés d'une façon décoiffée, elle souriait de toute la largeur de sa grande bouche, et elle arborait son traditionnel sac orange à grosses fleurs qui la faisait repérer de loin. (Sauf si on regardait dans la mauvaise direction.)

Nous tombâmes dans les bras l'une de l'autre, et nous étreignîmes longuement en poussant de petits cris de bonheur. J'avais beau l'avoir quasi quotidiennement au téléphone, ce n'était pas pareil. Un peu comme de comparer un snack avec un dîner complet. Les deux coupaient la faim, mais dans le second cas je pouvais aussi savourer son regard perçant, me délecter de sa gestuelle d'illuminée, admirer ou critiquer ses fringues, lire dans les expressions de son visage habité, écouter ses silences, déchiffrer ses attitudes, la prendre dans mes bras, lui pincer la joue, ou lui piquer le bonnet de laine qu'elle portait et l'empêcher en riant de le récupérer.

Pendant qu'elle embrassait Noé et Nestor, je cherchai autour d'elle, et ne trouvai personne. Nous avançâmes ensemble, tirant nos bagages côte à côte.

À son oreille, je glissai :

— Et Simon ?

— Ah, Simon… Par où commencer ?

— Par lui…

— Il n'est pas venu.

Je m'arrêtai net, sincèrement déçue pour elle.

— Oh… je ne sais pas quoi dire. Si… quel con !

Prunelle passa son bras sous le mien, et m'entraîna avec elle. Nous nous remîmes en marche, derrière mes fils qui avaient avancé.

— C'est pas grave, puisque justement : c'était un con, soupira-t-elle.

— ... incontestablement en retard, je confirme, fit une voix masculine derrière nous.

Nous nous retournâmes et nous trouvâmes face à un immense bouquet de fleurs, emballé dans une telle débauche de papier cristal et de feuilles de soie que l'on n'apercevait même pas les cheveux de son propriétaire.

Derrière se planquait un homme, que je n'eus pas le loisir de découvrir, car Nestor et Noé, qui étaient arrivés en bout de quai, me faisaient des signes pour que je me dépêche de les rejoindre.

Je quittai alors Prunelle à regret, tentant d'apercevoir au passage le mystérieux interlocuteur qui l'avait sans doute repérée grâce à son volumineux sac orange. Mais, lorsqu'il abaissa son bouquet, je me cognai violemment le dos contre un poteau, me fis mal, cessai ma marche à reculons, me mis sur la pointe des pieds, et la révélation de son visage me fut masquée par la foule.

Argh, dommage... Vivement ses mails, qu'elle me raconte !

8

Un peu plus tard

So now I'll set you free
I'll set you free.
Radiohead –
« Lotus Flower »

10 h 45

— Monsieur Noé… Voici votre devoir.

Noé releva la tête du dessin qu'il était en train de griffonner dans son agenda, et saisit sa feuille avec circonspection, ventre noué, s'attendant à y trouver sa traditionnelle note en dessous de la moyenne.

— Oh ! Vous m'avez mis quatorze ?

Sa surprise fut telle que la réflexion lui échappa.

— Un commentaire, monsieur Noé ?

— Non, non… c'est juste que…

Mon fils parcourut rapidement son devoir, cherchant à comprendre ce qui avait pu lui valoir une note aussi clémente. Sans doute étaient-ce ses ratures qui, pour la première fois depuis le début de l'année scolaire, n'avaient pas été sanctionnées par des points en moins.

Camille Lefebvre se pencha, regarda par-dessus son épaule, lui prit la feuille des mains, et retira deux points au stylo rouge, avant de la lui rendre.

— Vous avez raison… J'ai oublié la propreté.

Devant la déconvenue sonore de Noé, il précisa, avec son fameux rictus :

— Ne râlez pas, monsieur Noé… ça vous laisse toujours une note au-dessus de la moyenne. Priez pour que votre prochain professeur, lorsque vous passerez en troisième l'année prochaine, soit aussi magnanime que moi.

Noé releva la tête pour s'assurer qu'il avait bien entendu. Il rencontra un sourire.

Le premier que le prof échangeait avec un de ses élèves depuis bien longtemps.

9

Encore un peu plus tard

This is the sound of my soul
This is the sound.
Spandau Ballet – « True »

9 h 15

— Tiens, je voulais te montrer ça…

Léonard posa un casque sur mes oreilles. Je le retirai aussitôt et lui demandai, curieuse :

— C'est quoi ?

— Eh ben écoute, tu verras bien…

Nous étions chez lui, mais cette fois-ci sans ballons dans la tronche, sans invités surprises surprenants, et sans pompiers même pas strip-teaseurs.

Juste lui, moi, et un plein saladier de ma fabuleuse pâte à cookies.

C'est moi qui avais proposé de lui en confectionner, c'était ça la bonne idée que j'avais eue pour le remercier de ce moment londonien aussi insolite qu'inoubliable. L'idée première avait été de passer lui déposer mes gâteaux à la radio, afin qu'il les partage s'il le voulait avec les membres de son équipe. Mais il avait préféré que je vienne les lui livrer à domicile.

Ce matin-là, il ne travaillait pas. Toute sa station était en grève, par solidarité envers un journaliste qui avait été viré. Ça, c'était l'excuse officielle qu'il m'avait donnée. L'excuse officieuse étant qu'il rêvait de mes cookies chauds et fondants, les pépites de chocolat encore presque liquides, à peine sortis du four. Et, après tout, je lui devais bien ça…

Alors j'avais envahi sa cuisine de tous les ingrédients me permettant d'imaginer les bouchées les plus susceptibles de le faire décoller : noisettes caramélisées, lamelles d'écorces d'orange et de citron confites, beurre de cacahuète, éclats de caramel au beurre salé, cannelle en poudre, tablettes de chocolat noir, au lait et blanc, thé vert matcha, noix de coco, purée d'amandes, grains de raisin séchés, noix de macadamia, griottes au kirsch, gouttes de rhum, larmes de Grand Marnier…

Ce matin, j'allais me surpasser. J'allais lui faire goûter le paradis. J'allais le faire mordre dans l'extase. J'allais lui faire lécher la volupté. J'allais…

Léonard replaça son casque sur mes oreilles.

Puis il recula d'un pas, bras croisés, face à moi, et il attendit. Un léger sourire flottait sur ses lèvres, son regard me fixait avec une insistance curieuse. Je lui rendis un coup d'œil identique, surtout au niveau de la curiosité, et me concentrai vaguement sur ce qu'il avait à me faire entendre.

Sur le plan de travail de sa grande cuisine américaine, j'étalai soigneusement les petits raviers contenant mes poudres, perles, pierres et philtres magiques comestibles destinés à la transformation de ma pâte nue en pâte élue.

Soudain, je cessai net de m'activer.

Immobile. Figée. Statufiée. Bouche ouverte, yeux écarquillés, oreilles tendues de toutes les fibres de mes tympans. Non, c'était impossible. Impossible. Pourtant…

Cette voix. Cette voix, c'était celle du chanteur du groupe anglais Speak-Speak. Et le texte qu'il susurrait, en français s'il vous plaît, c'étaient des mots que je connaissais.

Oui. C'étaient des mots que je connaissais.

Parce que c'étaient les miens.

Ceux du texte que Léonard m'avait piqué, dans un café, un soir où il avait nié l'avoir fait.

Comme une automate, je lâchai ce que j'étais en train de manipuler et m'approchai de lui, la bouche toujours aussi ouverte que muette d'ébahissement. Tendant les bras, mes paumes se plaquèrent contre ses joues, je lui pressai le visage et prononçai :

— AAAAAHHH !!!!

Ce qui fut à peu près tout ce que je pus exprimer à ce moment précis.

Sa figure se froissa en une grimace comique de douleur, me laissant penser que j'avais hurlé ce que je croyais avoir simplement crié, et il me parla,

parla, gesticula, éclata de rire, se tut un instant, me fixa intensément, parla encore. C'était incroyable à quel point il parlait, j'avais l'impression qu'il n'avait jamais autant parlé de toute sa vie. Il semblait m'expliquer quelque chose, peut-être me livrer quelque chose, mais moi, le casque toujours sur les oreilles, je n'entendais rien d'autre que des riffs de guitare qui emplissaient ma tête et faisaient frissonner ma peau, tandis que le chanteur répétait le refrain que j'avais composé un soir de blues, dans ma cuisine, en préparant des raviolis maison.

Ce n'était pas un enregistrement studio, rien de commercial vraiment, je devinais bien que ça devait avoir été bidouillé à l'arrache, avec trois musiciens, dans une loge en coulisses, mais le cadeau qu'il me faisait était inestimable.

Alors je me jetai dans ses bras, et le serrai si fort, si fort contre moi, que je crus que j'allais le casser en deux. Et peu importait qu'il fasse un mètre quatre-vingt-cinq et moi un mètre soixante-trois, j'étais certaine que, sous le coup de cette émotion, j'aurais pu le réduire en miettes.

Mais, lorsque je relâchai mon étreinte, lui ne desserra pas la sienne.

Il déplaça simplement ses mains sur ma taille, me souleva, et me posa sur le plan de travail, face à lui.

Tendrement, il écarta mes jambes et vint se coller contre moi. Tout naturellement, je les resserrai et les croisai sur ses hanches. Nos regards étaient aimantés l'un à l'autre, brillants d'une telle intensité qu'elle en était insoutenable. Mais nous nous y brûlions les rétines quand même.

Mes bras étaient autour de son cou, et mon visage penché sur le sien, lui continuait à me parler, mais moi je n'entendais toujours rien.

Alors je fermai les yeux. Et je me balançai imperceptiblement au rythme de la musique.

J'étais bien. Apaisée. Frémissante. Rassurée.

Le magnétisme de son corps m'enveloppait tout entière, tandis que ses mains pressaient ma colonne vertébrale. L'odeur de sa peau m'enivrait comme un vin qui me serait trop vite monté à la tête. Et mon visage offert à la musique continuait à osciller lentement.

Me revint à l'esprit ce rêve, sur une plage… avec lui. Je réalisai que c'était avec lui. Comment avais-je pu ne pas le comprendre plus tôt ?

Je sentis ses lèvres effleurer mes paupières closes, comme si une plume avait glissé dessus. Sa pommette se presser contre la mienne, sensation d'un velours qui l'aurait un instant caressée. Son nez frotter juste une fois le bout de mon nez imperceptiblement, comme si nous nous reconnaissions d'une façon instinctive. Puis ses lèvres prirent ma bouche.

Nous nous embrassâmes un nombre infini de fois, alternant les morsures affamées, tendres, impatientes. Deux vibrations qui s'accordaient, se répondaient et se correspondaient en une harmonie étonnement semblable.

Lorsqu'il relâcha son étreinte, je rouvris les yeux et vis qu'il s'était remis à me parler. Dans mes oreilles, la musique venait de cesser.

Je fis alors glisser le casque de ma tête, juste à temps pour l'entendre terminer sa phrase :

— … week-end prochain, je t'emmène les voir en concert à Madrid. Juste toi et moi. C'est ma surprise…

Crédits des extraits de chansons

« Take On Me » (A-ha), écrite et composée par Morten Harket, Magne Furuholmen et Pål Waaktaar-Savoy : © 1984, Warner Bros. Records.

« On the Radio » (Donna Summer), écrite et composée par Giorgio Moroder et Donna Summer : © 1979, Casablanca Records And Filmworks, Inc.

« Burning Desire » (Lana del Rey), écrite et composée par Lana Del Rey : © 2012, Lana Del Rey, sous licence exclusive de Polydor Ltd. (UK). Sous licence exclusive d'Interscope Records aux États-Unis.

« Wake Me Up Before You Go-Go » (Wham !), écrite et composée par George Michael : © 1984, CBS Records.

« Babooshka » (Kate Bush), écrite et composée par Kate Bush : © 1980, EMI.

« I'm All Over It » (Jamie Cullum), écrite par Jamie Cullum et Ricky Ross : © 2009, Decca, Verve Forecast.

« Could It Be Magic » (Barry Manilow), écrite et composée par Adrienne Anderson et Barry Manilow : © 1973, Arista Records.

« Lotus Flower » (Radiohead), écrite et composée par Radiohead : © 2011, Ticker Tape Ltd.

« True » (Spandau Ballet), écrite par Gary Kemp et composée par Spandau Ballet : © 1983, Chrysalis Records Ltd.

Agnès Abécassis dans Le Livre de Poche

Au secours, il veut m'épouser ! n° 30943

Déborah vit avec Henri. Elle a un caractère facile, si l'on excepte son goût pour les commérages intempestifs ou sa jalousie de pieuvre. Henri l'aime et glisse souvent des allusions sur le mariage. Mais pour Déborah, pas question. Le mariage, elle connaît.

Chouette, une ride ! n° 31659

Jusqu'à présent, ma vie était hyper plan-plan. Genre marmots, boulot, dodo. Mais dernièrement, un beau gosse dans la rue m'a appelée « madame » ; une vendeuse m'a suggéré une crème anti-âge… Et là, d'un coup, j'ai réalisé que j'avais déjà trente-six ans.

Soirée sushi n° 32063

On appelle « soirée sushi » la réunion de copines fraîchement célibataires, qui ont autant d'angoisses à propos de leurs ados et de potins sur leur ex à partager qu'il y a de graines de sésame sur un california maki.

Le Théorème de Cupidon n° 32454

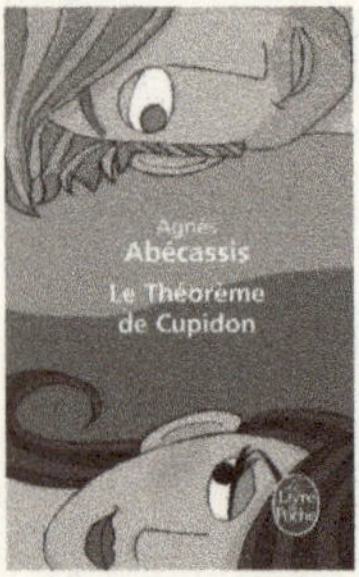

Adélaïde est exubérante, rigolote, mais elle fuit les histoires d'amour. Philéas est timide, maladroit, et ne pense qu'à conclure. Ils ont le même âge, travaillent dans le cinéma, et ne se connaissent pas. Enfin, c'est ce qu'ils croient.

Toubib or not toubib n° 31208

Un cabinet médical pas comme les autres… Vous y avez le choix entre une dentiste gaffeuse, un gynécologue misogyne, un bel acupuncteur dont les patientes sont piquées, ou Yohanna, la généraliste qui va s'allonger chez le psy entre deux examens. Un homme bien étrange d'ailleurs, ce psy…

Les Tribulations d'une jeune divorcée n° 33245

Depuis son divorce, le quotidien de Déborah n'est pas facile-facile. Car en retrouvant sa liberté, cette femme au foyer soumise et assistée a découvert une vie de chef de famille, de femme active et d'objet sexuel qu'elle avait ignorée jusqu'ici.

Du même auteur :

Assortiment de friandises pour l'esprit ou l'art de positiver au quotidien, Calmann-Lévy, 2014.

Les Tribulations d'une jeune divorcée, Le Livre de Poche, 2014.

Scènes de mon âge, Michel Lafon, 2011.

Le Théorème de Cupidon, Calmann-Lévy, 2011.

Soirée sushi, Calmann-Lévy, 2010.

Les Carnets d'Agnès, Hugo BD, 2009.

Chouette, une ride !, Calmann-Lévy, 2009.

Toubib or not toubib, Calmann-Lévy, 2008.

Au secours, il veut m'épouser !, Calmann-Lévy, 2007.

Le Livre de Poche s'engage pour l'environnement en réduisant l'empreinte carbone de ses livres. Celle de cet exemplaire est de :
450 g éq. CO_2
Rendez-vous sur www.livredepoche-durable.fr

PAPIER À BASE DE FIBRES CERTIFIÉES

Composition réalisée par Nord Compo

Imprimé en France par CPI
en octobre 2015
N° d'impression : 2018674
Dépôt légal 1re publication : janvier 2015
Edition 03 - octobre 2015
LIBRAIRIE GÉNÉRALE FRANÇAISE
31, rue de Fleurus - 75278 Paris Cedex 06

31/7999/1